「ティナは凄くなります。
僕なんかより、ずっと」
公女殿下の家庭教師
アレン
公爵令嬢ティナの家庭教師を務めることになった青年。心優しく穏やかな性格で、人並み以下の魔力しか持っていないものの、魔法の知識・制御にかけては他の追随を許さない圧倒的な実力の持ち主。
JN229836
公女殿下の家庭教師
Tutor of the His Imperial Highness princess

「私は、魔法を使うことができないんです」
ハワード家公爵令嬢
ティナ
四大公爵家のひとつ、ハワード家に生まれた公女殿下。植物の研究で大きな成果を上げるなど才能に恵まれた少女なのだが、なぜか誰でも扱える程度の魔法すら使うことができない。

「ア、アレン先生そのあのえっと……」
ウォーカー家の跡取り娘
エリー
ティナの専属メイドにして親友。天然かつドジっ子のため、ティナよりひとつ年上ながら妹扱いされることも。ティナを側で支える力をつけるため、一緒にアレンの教えを受けることに。

「ティナ御嬢様、そのお洋服最近お気に入りですね。
とてもお似合いです！」
愛らしい教え子ふたり、先生
不在のガールズトーク――

「これは先生が可愛いって褒めて――
う、動きやすいから好きなのっ！」

「『切り札は持っておくもの』でしょう？」
「どうせなら向こうをあっと言わせて、勝ちましょう」

「ティナ御嬢様と私は負けませんっ。
だって、アレン先生の生徒ですからっ！」

CONTENTS

Tutor of the
His Imperial Highness princess

公女殿下の家庭教師
謙虚チートな魔法授業をはじめます

七野りく

ファンタジア文庫

2801

口絵・本文イラスト　cura

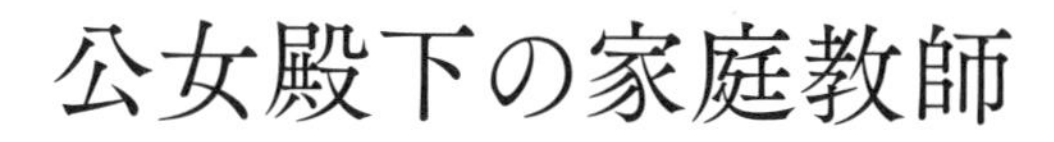

謙虚チートな魔法授業をはじめます

Tutor of the His Imperial Highness princess

Humility Cheat,
the magic class is begun.

プロローグ

「アレン……信じられないが、君は王宮魔法士の試験に落ちたようだ」

「はぁ、そうですか」


朝から突然、研究室に呼びつけられて何事かと思いましたが、その話ですか。

……正直、反応に困る。

筆記は自分でも感触が良かったし、面接の受け答えも可もなく不可もなく。魔法の実技でも……うん、まぁ失敗はなかったと思う。

だけど、結果は不合格。世の中厳しい。

それよりも、何よりも。

「教授、何か仕事はありませんか？　お恥ずかしい話、実家へ帰ろうにも先立つ物が。御存じの通り、来春の卒業までする事もありませんし。汽車も南方行きを押さえていたので」

「……またかね。しかも、故郷へ戻ろうと言うのかい？　君がその気になれば王都で仕事は幾らでも見つかると思うが」

「僕も少しだけそう思っていましたけど、世の中にはもっと凄い人達がいるようですので」

試験後に腐れ縁とした答え合わせは良かったんだけどな……十分、合格水準は超えていた筈。

やっぱり、苦手な実技があの内容じゃ駄目だったんだろう。上には上がいるものだなー。

「本当に残念だ。君とリディヤ嬢はとても優秀な生徒だった。僕の長い教育者人生の中でも、間違いなく五指に入る程の」

「ありがとうございます。あいつは当然受かったと思うので、今後とも助けてあげてください」

「勿論だとも。さて、仕事の件だが——僕の旧友が偶々娘さんの家庭教師を探していてね。春までだが給金は良い。どうかね？　やってみないか」

「家庭教師ですか」

王立学校、大学校と延々と教え続けてきた苦い記憶が蘇る。あいつ程の我が儘を言う存在はそうそういまい。

……あ、大丈夫だな、これは。

「是非、お願いします」

「おお、そうかね。なら、善は急げと言う。早速、連絡をしよう」

教授は机の上に備え付けられている電話機へ手を伸ばした。

うん？　相手はまだまだ一般家庭に普及していない電話を持っている家なのか。

……なんか嫌な予感が。

「教授。やっぱり」

「もしもし——僕だ。そうだ、例の件なんだがね。今なら、一人紹介出来る。優秀かって？　前から話していたろう？　僕の三十年に及ぶ教師人生の中でも指折りの逸材だ！

——うん、そうか。分かった。では、細かい事は後で使い魔に託すよ」

電話機を置き、僕へ満面の笑みを見せる教授。

……この人がこういう顔をする時は、基本的に厄介事だ。

「大歓迎とのことだよ。君の生徒はハワード公爵家の御息女で、来春、王立学校への進学を目指されているティナ嬢。僕も何度か会っているけれど、それはそれは可愛らしい子だ。良かったじゃないか。リディヤ嬢には当面、内緒にしておくよ。君もその方がいいだろう？」

「……はめましたね？」

「はは、何の事かな？　とびきり優秀な教え子が田舎に引き籠って楽をしようとしている。そんな自分だけ楽をしよう――勿体ない事を、担当教授として見過ごす訳にはいかないじゃないか。僕から君への愛の鞭さ」

「御冗談を。謹んでご遠慮いたします。……栄達を望んではいないのですが。ここまでこられたのも奇跡的だったんですから。僕はあいつに引っ張られただけなんですよ」

「そう素直に言えてしまうのが君の良い所であり、悪い所でもある。なに、君ならばすぐに王都へ舞い戻って来る事になるだろう。僕には分かる」

　そんな自信満々に言い切られても……。

公女殿下の家庭教師とは随分と難易度が――高くもないのか。リディヤと同じなんだから、何時も通りにしていれば良いのだろう、きっと。

　僕の祖国である王国には四人の公爵がいる。所謂、四大公爵家だ。

　建国に当たり多大な功績を挙げ、東西南北それぞれに広大な領地を持つこれら公爵家は、各初代へ王族が嫁いでいる関係と歴史的背景から、尊称が他国と異なっている。

　例を挙げると、王国北方を守護しているハワード家当主のハワード公爵に付く尊称は『殿下』。普通の国なら『閣下』だろう。で、その子息、子女に使われる尊称もまた特別に『公子殿下』『公女殿下』となるわけだ。

何でも、本当は『公王』として封ぜられる予定だったのを、各公爵が『畏れ多い』と断り、王家も引き下がれず、妥協案として残ったものらしい。未だに王位継承権も裏では持っているという話だ。何処までが本当か怪しいけれど。紛らわしいなぁ。

とにかく王都にいても何も起こらない。相手が誰であろうと、どうにかしよう。

「分かりました。お請けします」

「そうか。では、向かってくれ。場所はハワード公爵家。知っていると思うが、今の時季は王都よりも大分寒いぞ。気を付けたまえ」

「了解です。教授、汽車代をお借り出来ると」

「これが今日午後発のチケットだ。一等車を取っておいた。……君、十二分以上に稼いでいるだろうに。リディヤ嬢にも散々言われているだろう？　下宿代、それに妹さんの学費とお小遣い以外のほとんどを、御実家へ仕送りするのはいい加減止めたまえ。少しは自分自身を労わるように。これは餞別の昼食だ。とっておきのお店だ、美味いぞ」

「……やっぱりはめましたね？」

「ははは、可愛い教え子には旅をさせねば。何より後で話を聞くのが楽しい。人生とは驚きの連続なのだよ、アレン君」

ほんと楽しそうですね……。

仕方ない。お金を稼がないと田舎に引き籠る——こほん、帰れないし。今から約三ヶ月はお仕事頑張らないと。

教授はああ言ったけど、実家に帰っているリディヤへも置手紙を残していこう。

何かしら『報せようとしたんだけど』という努力の痕跡は残す必要がある……後が怖いし。

向こうは今頃、南か。暖かそうでいいなぁ。

生徒になる公女殿下はどんな子だろう。良い子だといいんだけど。多少大変でも、リディヤ程じゃないだろうし、問題は性格だけかな？

——後から思えば、あの教授がわざわざ持ち出してきた案件を楽観的に考えていた自分へ、目を覚ませ！　と言いたいところ。でも、こればっかりは経験してみないとね、うん。

初級魔法すら使えない子を王立学校に首席入学させるまで後百日。

第1章

トンネルを抜けると窓から見える景色は——とにかくもう白かった。何もかもが真っ白。

ハワード公爵家の本拠地は、今も昔も変わらず王国北方である。

冬季は全てが雪に埋もれている、と聞いてはいたけれど……それにしたって、王都と余りにも変わり過ぎませんかね？　ここまでとは思わなかった。

寒いぞ、という教授の脅し、もとい忠告に従って冬用のコートは着てきたし、去年の誕生日プレゼントに腐れ縁から貰ったマフラーもしてきたけれど、全然足りない予感。

二重構造の耐寒用窓硝子と、温度調整魔法が発動しているにもかかわらず、それを貫いて冷気を感じる。

教授が手配してくれた一等車だからこそ、この程度で済んでいるのだろう。僕が何時も乗っている三等車だったら……考えたくない。旅自体は快適だったけれど、先が思いやられるなぁ。

餞別のお弁当は美味しかった。流石は教授。王都中の美味しいお店を食べ歩きしているだけの事はある。……釈然としないのは何故だろう？

汽車は、北部の中心都市に到着。懐中時計を確認すると定刻通りだ。荷物を持ってホームへ降車。

……ほんと良かった、遅れて夕方になったら、どうしようかと。

案の定、外はとてつもなく寒く、思わず身震い。雪が降ってないのと、除雪がしてあることだけは救いだ。何しろ屋根なんかないし。赤煉瓦が味わい深い駅舎を目指して歩を進める。

教授から渡されたメモを見ると、どうやら迎えが来てくれているらしい。

駅舎内に入り、きょろきょろと周囲を見渡していると声をかけられた。

「失礼。アレン様でしょうか？」

振り向くと、執事服姿の初老の紳士と——その足元に隠れるように薄蒼色のガウンを羽織っているメイド服姿の少女が立っていた。頭には純白のリボンを付けている。

こんな小さな子がメイド？　疑問を感じながらも、口を開く。

「はい。僕の名前はアレンですが」

「やはり。私、ハワード公爵に仕えます執事長のグラハムと申します。この子は――メイド見習いのエリー」

「エ、エリーです……」

そう言うと少女はすぐにまた隠れてしまう。男の人が苦手なのかな。可愛らしい女の子だ。薄く蒼みがかった白金の肩までの髪が、キラキラと輝いている。

グラハムさんが僕の疑問を他所に、さっさと鞄を手に取る。

「あ、大丈夫ですよ。僕が自分で持っていきますから」

「いえいえ。アレン様はティナ御嬢様の先生になられる御方。これも執事の仕事ですので。さ、参りましょう。車を用意してございます」

「そ、そうですか。ではお言葉に甘えます」

わざわざ車を回してくれたらしい。王都でも乗る機会は多くないのに。

魔法技術の一般化に伴い、今や多くの分野で機械化が進みつつある。とはいえ上流階級を中心に、まだまだ忌避する人もいる中、車を導入しているなんて。どうやら、ハワード家は新しい物を取り入れる事について積極的みたいだ。

歩きながらちょっとした会話。天候や、食べ物の話。雪はこれでもまだ降ってない方らしい。もう少ししたら、春先までは本格的な冬籠りなんだそうだ。

……これでか。

ちょっと気分が重くなる。寒いのは得意じゃない。何せここ数年、隣には常に『炎』で遊ぶ我が儘娘が……ああ、いけない。いけない。会話に集中しないと。

「それにしても、よく僕が分かりましたね。自分で言うのも何ですが、外見に特徴があるとは思えないのですが」

「当然でございます。見間違える方が難しいかと」

「どういう事ですか？」

「我が主、ワルター・ハワード様とアレン様の師である教授は長きに亘り親友の間柄なのです。あの御方は年に数度、此方に滞在なさるのですよ。そして、ここ数年お酒を飲まれますと決まって話されるのが」

「……なるほど。僕の恥ずかしい笑い話の数々、というわけですか」

「はい。当然、笑い話ではなく、自慢話でございますが。先程、お見掛けした時も一目で分かりました」

あの教授は何処まで話しているのか。四方八方である事ない事話のネタに使っているんじゃないだろうな。

ありえる。あの人ならば、十分にありえる。何しろ、人生を楽しむ事に関しては一切の妥協をしない人だし。

――今度、腐れ縁に手紙で報せておこう。

*

停車場に置かれていた車は、思った通りの高級車だった。ただし……グラハムさんが、僕の鞄をトランクへ入れ、ドアを開けてくれる。

「さ、お乗りください。少々狭いですので、テ――エリーはアレン様の膝上でも大丈夫でしょうか？」

「へっ？　あ、いや、でも嫌がるでしょう？　今日会ったばかりの男の膝上に座るのはどうかと。詰めれば三人座れると思うのですが」

「い、嫌じゃありません……わ、私の事はお気遣いなく……」

ずっとここまで無言だったエリーさんが顔を上げ、僕を見た。

見つめ返すと、すぐにまた俯いてしまう。

……えーっと、凄く嫌そうなんだけど。てっきり四人乗りかと思ったのに、まさかの二人乗りですか。

「エリーもこう言っておりますので」

「はぁ」

「し、しつりぇい……失礼しますっ」

渋々、車の助手席に乗りこんだ僕の膝上にメイド少女が座ってくる。

軽っ。ちゃんと食事をしているのだろうか、と心配になる。年齢は十代前半だろう。近くで見るとまだまだ幼い。

間近で見たリボンには恐ろしく精緻な刺繍が施されていた。しかもこれ使われている糸が普通のそれじゃない。多分、白金糸かな。羽織っているガウンも上質。

だけど、肝心のメイド服自体が着慣れてないような。ちょっと大きいし。まるで、誰かから借りてきたような。

……この子、もしかして。

車のドアをグラハムさんが閉め、いざ発進。

寒い！　ヒーターは動いているけど、寒気に負けている。

つけっぱなしで離れると故障の原因になるから仕方ないのだろう。車は新しい機械。改良余地がたくさんある。

膝上の少女も震えている。ガウンが薄すぎるよ。もう少し暖かい恰好をしてほしい。慌てて外出した部屋着みたいだ。

首からマフラーを外し、少女の首にかけてやる。驚いた様子でこっちを見るけど、大丈夫、ちゃんと洗濯はしているし、暖かいからね。

運転しているグラハムさんへ確認。

「すいません。少し魔法を使ってもよろしいですか？」

「魔法でございますか？　危険な物でなければ構いませんが。炎魔法はご遠慮願います」

「ああ、大丈夫です。温度操作ですから」

「温度操作、でございますか？」

「驚くような魔法ではないと思いますが……ちょっとしたものですよ」

何をそんなに驚いているのだろう？　教授の研究室なら誰でも出来る魔法なのに。時折、やり過ぎて暴発させる子もいるけれど……加減を覚えてほしい。いきなり、研究室を灼熱地獄にしかけるとか、一種の拷問だし。

コツは、炎・水・風の三属性を少しずつ調整する事。注意しないといけないのは、一気に温度を上げようとすると、暴発しやすくなる点だ。

　世間巷の魔法式だと、どうしても炎属性のみになりがちだけど、それでうまく出来るのは余程の熟達者だけだと思う。少なくとも、このやり方ならば魔力さえあればどうにか出来るしね。

　乗って来た汽車内でも使われていたけど、あれもやっぱり一属性に固執し過ぎ。複合属性にすればもっと快適なのに。

　車中がゆっくり、でも確実に暖まってゆく。うん。これなら耐えられるかな。

「聞きしに勝る、とはこの事でございますね」

「す、凄いです。こんな簡単に……」

　グラハムさんとメイドさんが褒めてくれたけど、決して難しいことはしていない。みんな、やろうとしないだけ。

　人心地ついたことで、窓から外の風景を見る余裕も生まれてくる。

　今年はまだそこまで降っていない、という話だったけれど……故郷では雪そのものが降らず、ここ数年は王都・故郷・南方、とやっぱり雪に縁遠い場所を行き来していた身からすると、道路脇で小山状態の雪自体が驚きだ。きちんと除雪されているのも地味に凄い。ハワード家の治世の賜物なのだろう。

そう言えば——王都出発以来の疑問をグラハムさんへ尋ねる。

「一つお聞きしてもよろしいですか？」

「私に答えられる事でしたら何なりと」

「僕にとっては幸いでしたが、どうしてこの時期に家庭教師を雇われたのでしょうか？　王立学校の試験は来春。今まで教えられていた方がいたのでは？」

「おや？　教授からは何もお聞きにはなられていないのですか？」

「聞いていません。汽車のチケットと公爵家の所在地が書かれたメモ紙。そこに駅に迎えが来る、とあっただけです。使い魔はこちらへ先発させてはいるようですが」

「……一度、じっくりとお話ししないといけませんね」

「その時は是非、僕も——いえ、僕達、教え子一同も混ぜてください」

グラハムさんも被害者だったらしい。同志だ！

あの人はまったく……基本的には、教え子思いのいい人だと思うし、こと魔法に関していえば王国内でも間違いなく十指に入る凄い人なのだけれど、基本、言葉足らず。しかも半ば意図的に。これ以上、被害を拡大させない為に僕等は為すべき事を為すのみ！

少女がさっきからそわそわしている。

「ごめん。ちょっと暑くし過ぎたかな？」

「い、いえ、そんな事はない、です……」

ああ、また俯いてしまった。

初対面の男、しかも膝上に乗っているんだもんなぁ。そりゃ、緊張するよ……。

取りあえず、この事は誰にも話すまい。これ以上、笑い話を増やしても何の得にもならないし。

そうこうしている内に、公爵家の御屋敷が見えてきた。何度かリディヤの実家へ行ったけれども、同じ位大きい。

ただし、あちらの御屋敷が見事としか形容出来ない程に煌びやかだったのに対し、今、目の前に見えてきているのは外観に無駄な装飾はなく、無骨な感じだ。

ハワード家は、代々、北方を守護してきた武門の家系と聞いているけれど、何となく納得する。

守衛さんが正門を開けてくれて、そのまま中へ。屋敷の表玄関前に止められた。運転席から、グラハムさんが自然な動作で降り、此方側へ回り込んでドアを開けてくれた。カッコいい！

まず、少女に降りてもらい僕も続く。さて。

「長旅、お疲れ様でございました」

「いえ、ありがとうございました――公女殿下も申し訳ありませんでした」

「い、いえ、此方こそありがとう……へっ？」

笑顔で謝罪を口にすると、少女が目の前で固まっている。いやいや、気付かない程、鈍くないからね。

バレバレです。

「えっ？　あのその、何時から気付いて……」

自称『エリー』があたふたしている。

この百面相は面白いな。映像宝珠、持ってきたっけ。

「駅舎でお会いした時からですね」

「ほぉ……」

「ど、どうして分かったんですか⁉」

「羽織られている物が上質過ぎました。何より、メイドさんには見えませんでしたから。服のサイズも合っていませんでしたし、頭にホワイトブリムも付けていませんでした。慌てて誰かに借りたのかな？　と。変装してまで僕の事を確認したい方は限定されます。何より――付けられている純白のリボンです。そんな見事な代物、僕は王都でも数える程しか知りません」

「流石でございます」

「うぅ……」

　恥ずかしそうに目を伏せる公女殿下。

　羞恥心に耐え切れなくなったのか、僕とグラハムさんを置いて屋敷内へ駆け込んで行った。あ、マフラー……。

「申し訳ありませんでした。御嬢様がどうしても付いて行くと言われましたので」

「いえ、自分がこれから教わる人を気にするのは自然ですよ。メイド服はどうかと思いますが。可愛かったですけどね」

「そうでございましょう。是非、その台詞を後で直接お伝え願います。お喜びになられますので。旦那様がお待ちかねです。どうぞ」

　巨大で重厚な木製玄関をグラハムさんが指さす。さ、御仕事、頑張ろう。

＊

　屋敷内は、外観と同じく思ったよりも豪華ではなかった。良く言えば実用性重視で頑丈そう。悪く言えば質素に造られている。

けど、至る所に木材が使われていて何処となく温かさがあり、石造りよりも何だかほっとする。

きちんとヒーターが効いていて暖かいのもありがたい。こんなに広い屋敷だと、温度調整するのもちょっと面倒だし。どうやら屋敷内に配管を通して、お湯？　で暖めているようだ。窓硝子も、王都の建物ではまず使われない二重構造――いや、これ三重⁉　興味深いなぁ。

周囲を見渡していると、グラハムさんの声がした。

「アレン様、どうぞこちらへ。荷物は、エリー。部屋まで先にお持ちしなさい」

「は、はい！」

公女殿下よりは、少しだけ年上に見えるメイドさんが緊張した面持ちで此方へ駆けてきた。ブロンドの髪を二つ結びにしている。この子が本物のエリーさんか。

ああ、そんなに急ぐと……僕の目の前で転びそうになったのを、受け止める。

「きゃっ」

「おっと、大丈夫？」

「は、は、はい。も、も、申し訳ありません……」

「エリー、屋敷内を駆けてはいけません、と何度言えば分かるのですか」

グラハムさんが呆れつつ注意。当の本人は、俯いて身体を震わせている。ドジっ子メイドさんなのかな？

立ち上がらせた本物のエリー嬢へ鞄とコートを渡す。確かにこうして見ると、ちょっとだけ公女殿下に似ているかもしれない。どこが？　と言われると困るけど。雰囲気が。

「怪我がなくて良かった。荷物をお願いします」

「は、はい！　任されました」

「ありがとう」

「ひゃう。えっと、あのその……」

「ああ、ごめんなさい」

妹や後輩に対する癖でついつい頭を撫でてしまった。いけない。腐れ縁にバレたらまた変態扱いされてしまう。

……それでいて、自分は撫でろ、と事あるごとに言うのはいったい。長い付き合いだけど、謎が多いな、あいつも。

一連の様子を見ていたグラハムさんから鋭い視線を感じる。な、何でしょうか。

「アレン様は、本当に噂通りの方でございますね」

「教授が僕をどう伝えているかは非常に気になります。……同時に聞きたくない気もしま

「色々とございますが……『天性の年下殺し』とも仰っていました」

「ひ、人聞きが悪い！　少しだけ、年下の扱いに慣れているだけです」

「そうでございますか。さ、どうぞこちらへ」

全く信じてない顔だ。教授めっ。

今度会ったら、不当に僕の名誉を貶めている借りはきっちり、利息付きで返してもらう事にしよう。

長い廊下を歩いていくと、突き当たりに黒い木製の扉が見えた。

グラハムさんがノック。「入ってくれ」との太い声が中から聞こえてくる。

扉を開け、僕だけ入れ、との仕草。

――なるほど。最終面接というわけですか。

ここで臆しても仕方ないですしね、軽く頷き中へ。

目に入って来たのは大きな執務机と、奥に座られている先程の公女殿下と同じ髪色をした、大柄な男性。他の家具は壁一面に本棚があるだけと、簡素な造りだ。

後方で扉が音を立てて閉まった。これで退路なし。

「失礼します」

「おお、来たか。初めまして――と言うべきなのだろうな。あいつから君の話を散々聞かされたせいか、そういう気持ちになれんが。ワルターだ。一応、ハワード公爵という事になっている」

「アレンです。今日一日で元から高くなかった教授への信頼感がより下がっていますが」

「ははは、君も巻き込まれた口か。あいつは昔からそうだ。気に入った人間を自慢したくて仕方ないのだよ」

「はぁ」

「色々とあったばかりだというのに、王都からはるばるすまなかった。話は聞いてきていると思うがよろしく頼む。あいつに相談したのだが、『アレンしかいない。彼以外では無理だ。彼にしたまえ。彼にすべきだ！』と、強い推薦を受けてね。長い付き合いだが、ここまで教え子を推されたのは初めてだ。無論、君の事情――王宮魔法士の一件は娘に話していない。ただ、君が家庭教師になる、と伝えただけだ。安心してほしい」

「ご配慮感謝します。ただ、申し訳ありませんが……教授からはほぼ何も聞いておりません。聞いているのは、『ティナ公女殿下の家庭教師を王立学校入学まで務める』。それだけです」

一瞬沈黙する公爵。深い深い溜め息。額に手。普通は告げますもんね、内容。

そして、こちらに向き直り告げられた。

「……今度、来た時はあいつをぶちのめそう」

「是非、僕と他の教え子にもお声がけを。グラハムさんも誘ってそうしましょう」

「うむ」

「それで、僕が聞いていた内容とは何か異なるのでしょうか。車中でも少し聞いたのですが、前任の方は？」

「来春まで君に我が末娘であるティナの家庭教師を務めてほしい、というのは本当だ。しかし、王立学校入学まで、というのは少し違うな」

「と、言いますと？」

公爵が椅子から立ち上がり窓を見る。こうして見ると、とても教授と同世代、つまり五十代前には見えない。筋骨隆々とした見事な体格をしていて、若々しい。

「我が家系は王国建国以来、北方を任されてきた。そのことを誇りに思ってはいるが、見れば分かるように、この土地は人が生きていくに過酷。他国との国境線も抱え、幾度も戦乱の舞台となった。ハワードが対外的に武門とされているのもその為だ」

「はい」

「私の子供は娘が二人だけ。ティナが幼い頃妻に先立たれてね……新しい妻を娶るつもりもない。だが、一族内に武才ある者はおらん。武門としてのハワード公爵家は私で終わる。……長女は反発して王立学校へ入学してしまったがね。親の目から見て、あの子は優しすぎるし、魔法の才も際立っているとは言えない。武人には向いていないのだよ。努力をしても、我がハワード家が代々受け継いできた、極致魔法を使いこなせるようにはならないだろう」

話が何となく見えてきた。つまり、公爵は。

「君に任せたいのは、ティナに王立学校入学を諦めさせる、ことだ。残念ながら我が末娘には——魔法の才が全くない」

……教授。数多の面倒事を押し付けられてきましたが、これは流石に斜め上過ぎですよ？

王立学校への入学を諦めさせる。

その逆は分かる。何度かそういう話は受けたし、無事合格させてきた。

けど、諦めさせたことなんてない。この国で要職に就きたいのならあそこに入学し、優秀な成績で卒業しなければお話にならないからだ。

……それを諦めさせる。しかも実の娘に。余程、事情がありそうだ。

「魔法の才がない、というのは？」

「そのままだ。ティナはあの歳で簡単な初級魔法を起動させる事も出来ない。いや、魔力はあるのだ。それこそ私や長女以上に、な。にもかかわらず……小さな火や、ほんの少しの水、微風や、僅かな雷、一欠けらの土塊、我が家系と最も相性のいい氷の一片すら、生み出す事が出来ない。何人もの有名な魔法士に原因を探らせたが全く分からん」

「聞いた事がない事例ですね。ただ、王立学校は魔法の才を有するのを前提にしていますが、近年では他の分野において著しい才があれば入学を許可していますし、そこには潜在的な才能も含まれます。入学を最初から諦める必要はないのではありませんか？　教授も同意見かと思います。失礼ですが、学問の方は？」

「……奴にもそう言われ、君を推薦されたのだ。学問については、我が娘ながら秀でている。大人顔負けだ。親馬鹿かもしれないが、長女と同じくとても優しい子でもある。しかし、魔力量が幾ら膨大でも、何時使えるようになるのか分からない者の入学を許す程、あそこは生温い場所ではあるまい。特に――君達以降は規格外な存在を恐れてもいる。学校長はそうでもないようだが。けれど、如何な彼の御仁とはいえ、全てを押し通すことは出来まい」

「……申し訳ありません。御迷惑をおかけしまして」

王立学校は、王国随一の名門として名高い。

当然、集まって来る人材は優秀の一言に尽きる。学生達はそこで三年間みっちりと学業と魔法や剣術等を学ぶ。

が……その授業内容は王国屈指の俊英達をして、難解かつ過酷。規定の三年で卒業すれば称賛され、入学した学生の約半数が留年を余儀なくされる、と言えば多少は伝わるだろうか。

形式上、卒業短縮制度は設けられているものの、適用される者は極めて稀。この数十年の間に、それを成し遂げた者は僅か数人であり、皆、卒業後、良くも悪くも名を馳せたと聞く。

──その名門で数年前、波乱が起きた。

二人の学生が、僅か一年で卒業してしまったのだ。

しかも、その内の一人は入学前、まともに魔法を使う事が出来なかったにもかかわらず、卒業時には王国屈指の魔法士へと成長していた。

……いやまぁ『その二人』とは、僕と腐れ縁、リンスター公爵家の我が儘長女、リディヤなのだけれど。規格外もあいつだけ。僕は巻き込まれて卒業……と言うか、単に『世話係』として追い出されたんだと思う。

「リディヤ嬢は私も知っている。彼女が魔法をまともに使えるようになったのは入学後。入学試験は剣術のみで乗り切ったこともな。これだけを聞くと多少の救いも感じるが……」

「事実です。正確に言えば、僕と出会った後ですね。剣術は最初から超一級品でしたが」

「同時に、彼女は初級魔法程度を使えたとも聞いている。しかし、ティナは……」

リディヤは基本的に細かい事が苦手で、魔法を使えなかったのは、入学前に付けられていた教師の教え方が問題であったように思う。

あの子に理論だけを幾ら教えても駄目なのだ。根っから感覚派だし。

元々素質は凄まじく、コツを教える——他にも色々あった翌日、上級魔法を使っていたのを思い出す。あの時は呆れ返ったものだ。周囲の同級生達は言葉も出てなかったっけ。

その次の日には、極致魔法を僕へ撃ってきた。もう何も言いたくない。よく生き残ったものだと、自分で自分を褒めたい。

……本人は心底嬉しそうだったし、無事だったから良かったけどさ。

だけど、公爵が仰る通り、彼女の場合、蠟燭に火をつける、といった多少の魔法は入学以前から使えていたのも事実。

公女殿下は、魔力があるのに魔法を一切使えない……難題かも。

「ティナは責任感の強い子だ。うちに生まれた以上、その義務を果たすべく王立学校への入学は当然だと考えている。嬉しいことだが、私は……別の路へ進んでも構わないと思っている。魔法が使えなくとも、あの子は我が家にとってかけがえのない子なのでな」

「と、言いますと？」

「見てもらった方が早いだろう。付いて来てくれ」

そう言うと公爵はおもむろに立ち上がり扉へ向かう。僕も慌てて後を追った。

――さて、何を見せてもらえるんだろう？

*

連れて行かれたのは屋敷の本邸内ではなく離れだった。分厚い硝子張りの建物だ。

近づくに連れて汗が薄っすらと滲み出てくる。これは――

「温室ですか。これ程、大規模な物は王都にもありませんね。しかも、この植物達は……」

「よく勉強している。魔法以外も博覧強記、との話に偽りはないようだ」

「これを公女殿下が？」

「そうだ。あの子は幼い頃から、植物や作物に興味があってね。亡くなった我が妻が遺した本をよく読んでいるな、と思っていたら、ある時から自分でも育て始めたのだよ。この地の冬は長く、春は短い。あの子が何時でも育てられるように、とここを建てたのだ」

娘の興味でこんな施設を造ってしまうとは……大貴族って相変わらず凄まじい。

だけど、やっている事には賛同する。

雪国で、どうすれば植物や作物を上手く育てられるのか、に幼くして着眼しただけでも公女殿下は只者じゃない。

ああ、なるほど。

「この研究を続けてほしい、そう思われているのですね」

「……あいつの言っていた通り、察しがいい。その通りだ。あの子が始めた研究によって我が領土では今まで作れなかった作物を生産するようになっている。また、本来は育たなかった花や植物も、王都へ売りに出せるまとまった量を生産出来そうなのだ。領主の立場からも、父としての立場からも、ここに残り研究を続けてほしい」

これはまた……思った以上の難題を押し付けられたなぁ。認識が甘かったか。

既に実績を持つ植物・作物研究へ進んでほしい父。

家名を考えて王立学校を目指す娘。

その板挟みをどうにかしろ、と？

……教授め。詳細を聞いたら僕が断るのを分かっていてわざと急がせたな。何時か、この借りは返さねば。嘆息しつつ、聞くべきことを聞く。

「一つ確認してよろしいでしょうか」

「言ってみたまえ」

「お気持ちは理解いたしました。しかし、僕個人の意見としては——御本人がお進みになられたい路へ行くべきだと思います。もしも魔法を扱えるようになり、それが王立学校入学に十分な水準であった場合」

公爵の目を真正面から見据えて言う。

「公女殿下御自身が入学を望むならば、許可していただきたい」

「……はっきりと言う男だな、君は」

「最初から損な役回りを求められていますので」

「分かった。もし、君の力でティナが魔法を王立学校の水準に達するまで使えるようになったならば、その時は私もありとあらゆる手段を用いてでも、後押しをする。今は亡き我が妻に誓おう」

「ありがとうございます。で、あるならば」

思わず笑みが零れる。面白いじゃないか。

リディヤの時は、単に苦手意識を持っていたのを矯正して――ちょっとだけ？　切っ掛けを与えるだけだった。

今回は、原因不明な理由で魔法が使えない女の子をどうにかする。中々、教え甲斐がありそうだ。魔力はあるのならそこに理由は必ずある筈。

未知に挑戦する、というのは何時だって楽しい。

「何とかしてみせましょう。これでも『剣姫の頭脳』と謳われた身。多少、お力になれる筈です」

*

公爵との面接が終わり、授業は明日からとなった。屋敷に到着した時点で、夕刻近かったし、移動で疲れてもいたから有難い。

その為——今、僕は大食堂にいる。夕食だ！

「良し、皆いるな？　では——遠方からの客人に乾杯！」

『乾杯！』

大声が響き渡る。

直後、公爵家に仕えていて時間があった人達が陽気な声をあげながら、長テーブルに置かれている大皿へ手を伸ばし、一斉に食べ始めた。凄い迫力だ。

料理の種類はそれ程多くない。パンとスープとサラダ。これは鹿肉と猪肉を焼いた物かな？　僕も負けじ、と手を伸ばす。

うん、素朴な味付けだけど、鹿肉美味しい。香草が良い感じだ。

ワルター様が楽しそうに話しかけてきた。

「どうかね？　王都で豪華な食事をしている君からすれば、少し物足りないかもしれないが。それにマナーが悪いだろう？」

「御冗談を。僕は貧乏学生ですよ。パンとスープのみで一週間過ごす事もありますので、肉があるだけで涙が出てきます。何よりとても美味しいです。堅苦しいマナーにもうんざりしていますので、御気遣いはご不要に。御家では、何時も皆様で食事をするのですか？」

「そうか。それは良かった。うむ、これが北方の伝統なのだよ。食材も、一般家庭で食べられている物と同じ物だ」

「――良い伝統ですね」

周囲の喧騒を眺めながら、呟く。

真面目に考えると、雪国の過酷さ故に生まれた慣習なのだろうけど、そういうのを抜きにして考えても、一体感が出るし、みんな笑顔だ。

グラハムさんもまた、穏やかな笑みを浮かべながら公爵の傍へやって来た。その手に持っているのは赤い液体の入った美しい硝子瓶。

「旦那様、ワインをお持ちしました」

「おお。アレン君、君もどうかね？　十七なのだから何も言われはしまい」

「いただきます――と、言いたいのですが、この後、部屋で明日の準備をしなければならないので、本当に、本当に残念ですが今晩は辞退いたします」

「残念だ。グラハム、私は飲むぞ。お前も飲め」

「いえ、私は」

「良いではないか。アレン君の世話はティナとエリーに――あの二人はどうしたのだ？」

「先程、御嬢様のお召し替えを。もう来られるかと」

「そうかそうか。なら、その後は付き合え」

「御意」

僕も飲みたかった。公女殿下を首尾よく王立学校へ合格させる事が出来たら、飲ませてもらおうかな。ん、このスープの味付けも好みだ。

――そんな風に食事を楽しんでいると暫くして、扉が開いた。

視線が集中し、入って来たのは二人の少女。

一人は濃い青のドレスを着ている、薄く蒼みがかった白金髪の少女。前髪には髪飾り。後ろ髪には美しいリボン。

もう一人は、メイド服姿でブロンド髪を二つ結びにしている少女。

ティナ公女殿下と、メイドのエリーさんだ。

「おお、ティナ、それにエリー。こっちへ来なさい」

「はい、御父様」

「は、はいっ！」

二人が歩いて公爵の傍へやって来る。

――公女殿下と視線が交差し、すぐ逸らされた。ふむ？

「アレン君、紹介しよう。娘のティナだ。十三になる。ティナ、この方がアレン君だ。話した通り明日から、お前の家庭教師を務めてくださる」

「アレン様、初めまして――ティナ・ハワードです。御噂はかねがね。明日からどうぞよろしくお願いいたします」

「アレンです。こちらこそ、よろしくお願いいたします。エリーさん、先程は荷物ありがとうございました。車の中は寒くなかったですか？」

「へっ？　く、車ですか？」

「アレン様、色々とお話を聞かせてくださいませんか？」

戸惑うメイドさんの反応を遮るように、公女殿下が口を挟んできた。その頬は薄らと赤い。にっこりと微笑むと、少し不満気な顔。

うん、教授が言ってた意味が分かる。とっても可愛いな、この子。

王国内でも屈指の家柄で、『公女殿下』なんていう尊称持ちの子にそんな事を思うのは不敬なのかもしれないけど――表情が面白い。

くすくす、と笑っていると、頬がどんどん赤くなっていく。素直な子だなぁ。

ああ、一つ確認しておかないと。

「公爵殿下」

「その呼び方は止めてくれ。仰々し過ぎる。ワルターで構わんよ」

「では、ワルター様――僕が見るのは、公女殿下だけ」

「アレン様、私の事もティナと。生徒になるのですから」

「……だけなのでしょうか？」

「本当に君は察しが良いな。今、話そうと思っていた。エリー」

「は、はひっ！」

ガチガチに緊張しているメイドさんが、直立不動の姿勢で返事をする。

グラハムさんまで、何処となく緊張している。

「アレン君、エリーはグラハムの孫でね、我がハワード家を長きに亘り支えてくれている、ウォーカー家唯一の跡継ぎなのだ。この子も君に預けたい。グラハムも既に了承済みだ」

「それはエリーさんも王立学校へ、という意味でしょうか？」

「うむ……そこまで育て上げてくれれば、万々歳だが……」

御二人の顔が曇っている。当の本人も意気消沈気味。

どうやら、今の段階では厳しいみたいだ。でも、そんな事よりも何よりも。

「エリーさん、一つだけ質問させてもらっても良いですか？」

「は、はいっ」

仕方ない事なのかもしれないけれど、もっと気楽でいいのに。どうしようかな。う〜ん、こういう時は……ぽん、と小さな頭に手を置き、微笑みかける。

「え？　あ、あの……その……」

「む……」

「あ、申し訳ありません。どうやら癖になっているみたいでして。お話の続きです――貴女は、どうしたいんですか？」

「わ、私は、言われた通りに」

「そうじゃなくてですね。貴女は公女――失礼。ティナ様と一緒に王立学校へ行きたいのですか？」

「も、勿論ですっ！　私は、ティナ御嬢様の事が大好きで、専属メイドですからっ」

「――ありがとうございます。それを聞いて安心しました。ワルター様、グラハムさん。確かに、エリー・ウォーカー嬢を預かりました。エリーさん、よろしくお願いしますね」

「うむ、よろしく頼む」

「よろしくお願いいたします」

「は、はいっ！　あの、その、アレン様」

「アレンでいいですよ」

「で、では、アレン先生。私も、エリー、と呼び捨てにしてください。お願いします」

強い意志がこもった瞳。この子もいい子だな。

「……では、私も今から先生、とお呼びします。よろしいですね？」

公女殿下がむくれている。少しからかいすぎたみたいだ。

「ティナとエリーですね。了解しました」

やれやれ、先が思いやられるね。

*

その後、「長旅の疲れもあるだろう。今日は早めに休みたまえ」という有難いお言葉を公爵からいただき、用意された自分の部屋へ。広っ！　うわ、小さな氷冷庫まであるや。

大きなベッドに横たわりながら、明日の準備をする。汽車の中で一通りまとめておいたけど、念の為確認。

教授の言い草からある程度推察はしていた。けど、想定難易度の桁が違い過ぎる。

だからと言って、諦めるにはまだ早い。

実際、会ってみての感触からすると、確かに膨大な魔力は持っているみたいだし、切っ掛けがあればどうにか出来るような気もする。

筆記の方は明日、確かめてみるとしても、あの歳で植物・作物の研究までしているのなら、水準はきっと超えているだろう。

……あの腐れ縁と同じような状況は二度と御免だから、出来れば他の方法で魔法を使えるようにしてあげたいな。

エリーさんは問題なさそうだ。むしろ、あの性格の方が厄介かもしれない。

御家族がグラハムさんとその奥さんだけ、というのもどうやら事情があるみたいだし、其処らへんは追々聞いていければいいかな。

とにかく、僕に出来る限りの事はしてみよう。本人達には意志があり、前へ進もうとしているのなら、路はある筈。

ベッドの上で目を閉じる。

——王宮魔法士試験の夢は見なかった。

＊

翌朝、少し遅めの朝食を終え自分の部屋へ。公女殿下とエリーさんの姿は大食堂では見なかった。先に済ませてしまったらしい。

時間になったら呼びに来てくれるらしいので身支度を整えて待つ。

……昨日、ちょっとだけからかい過ぎたかな？

そんな事を考えていると、ノックの音と緊張した声。

「し、失礼しますっ」

「どうぞ」

入って来たのは、エリーさんだ。うん、こうして見るとやっぱり本職の人は違和感がないね。勢いよく頭を下げてくる。

「お、お迎えにあがりました。テ、ティナ御嬢様がお待ちです。こ、此方へどうぞ。お、お荷物お持ちします」

「はい。ありがとうございます」

「い、いえ！　メ、メイドの仕事ですから……」

ちらちら、とこちらを窺っている。

はて？　こんなに警戒されるような事何かしたかな？

……思い出せない。まぁ、追々慣れていってくれるだろう。

屋敷内を彼女の案内で進む。この方向は昨日、案内された温室の。

「此方です。この先の部屋の中にいらっしゃいますので。えっと……アレン先生、私、今日だけはお祖父様達のお手伝いがあって授業に参加出来ないんです……いきなり、ご、ごめんなさい」

「大丈夫ですよ。予定しているのは簡単な試験だけですから。後で、お渡ししますので解いてみてください。荷物、運んでくれてどうもありがとう」

「ひ、ひゃう！　あのその……」

「ああ、ごめんなさい」

　また、何時もの癖で撫でてしまった。そう言えば昨日も同じだったな。

　なるほど、それが嫌だったのか。気を付けないと。

　エリーさんに頭を下げ、先へ。

　様々な植物が育てられている温室内の通路を先へ進むと小屋が見えてきた。わざわざこの場所にも自室を作ったのか。なんとまぁ贅沢な。公爵、本当に甘々だな。

　ノックをすると「どうぞ、開いています」の声。入ると中はきちんと温度管理されていた。適温。天井には大きな窓があり、外の硝子が見えている。

　奥の壁一面が豪華な本棚。ちらりと見ると、希書・古書が多数。出来ればここに滞在する間に読みたいな。

　これ、作るのと集めるのにいったい幾らかかっているのだろうか。……あんまり考えないようにしよう。精神衛生上よろしくない。

公女殿下は椅子に座られて何かを書かれていた。こちらに気付いたので会釈。

慌てた様子で椅子から立ち上がられる。今日の服は白を基調とした清楚な物だ。

「おはようございます。メイド服ではないのですね、と言った方がよろしいでしょうか？」

「おはようございます……先生はちょっと意地悪ですね」

「とても可愛らしかったので。ああ、今度は頭に付ける物もお忘れなきように」

「……や、やっぱり、意地悪です！」

「ははは。申し訳ありません。改めまして、これから約三ヶ月、貴女様の教師を務めます。微力ですが、よろしくお願いいたします」

「よろしくお願いします。は、初めに言っておきます！」

腰に手をやり、背筋を伸ばして胸を張る。

本人は精一杯、威厳を出しているつもりなんだろうけど、昨日の印象が強すぎて背伸びしている小さな子にしか見えないや。

「まず、今から私を殿下とか、様付けで呼ぶのは禁止です！　昨晩も言いましたが、私は、先生の教え子になるのですから、ティナ、とお呼びください」

「エリー、はありと」

「なしですっ！　もう！　話の腰を折らないでください。次に、私に対する事で嘘は禁止です。告げるのが辛い内容でも――覚悟は、出来ています」

「分かりました。遠慮はしません」

　これは大分気にしているなぁ……今まで、散々色んな事を言われてきたのだろう。真面目な子みたいだし。

　肩の力を抜く方法も今後教えていこう。

「最後に、お勉強が終わった後、あの……」

「はい」

「その日、上手く出来たら私を褒めてください」

「そんな事ですか。良いですよ」

「へっ？」

「貴族の人達って優秀なせいか、あんまり褒められてないんですよね。だから、褒めてあげると喜ぶし、成績も伸びていきます。言われなくても僕は大いに褒める派です」

「そ、そうですか……」

「では、ティナ。そろそろ始めましょう。あ、その前に」

「は、はい！　えっと？」

「握手です。これからどうぞよろしく」

「――よろしくお願いいたします」

にっこりと微笑み、その小さな手を握る。

十三歳か。自分がその歳だった頃は――ダメだ。思い出しちゃいけない。……と、言ってもまだ四年前か。思えば遠くへ来たものだ。いや、むしろ、来させられたと言うべきか。

殿下からの声で我に返る。

「せ、先生。その……手を放してもらっても……」

「ああ、申し訳ない」

「いえ、良いんですけど……むしろ、もっと……」

「今日はまずティナの実力を知りたいと思います」

「実力ですか？」

きょとんとした表情。

うん、やっぱりこの子、可愛らしい。もう少ししたら、凄い美人さんになるだろう。

「王立学校の入学試験は、筆記と面接、それと魔法の実技に分かれているのは知っていますね？」

「はい、勿論です」

「そして、ティナは実技が全く駄目と聞いています」

「……はい」

「なら、これからの三ヶ月は出来れば実技対策に当てるべきでしょう。ですが、今の段階で筆記がどれ位出来るのかを知らないと時間配分も出来ません」

「確かにその通りですが……どうやって把握なさるんですか？　王立学校の試験は毎年、内容が一新されて、対策が難しい事で有名です」

「それは嘘です」

「ほぇ⁉」

　面白い顔。ばれないように映像宝珠へ記録。足らなくなるかもな。

「幾ら王立学校でも、試験問題には傾向があります。ただ、それが数年単位ではなく、数十年、下手すると百年単位で作られているから皆、気付かないだけ。まったく、自分が長生きだからって学校長にも困ったものです」

「……つまり、筆記対策は可能と？」

「ええ。問題も作ってきましたので、今日はこれを解いてください」

　唖然とする殿下の顔は面白かった。

が、試験を受け取り（きちんと頭を撫でながら褒めましたとも）夜、採点した後は、僕が茫然。

——結論から言うと、この御嬢様、リディヤ並みの才媛です。

＊

僕の腐れ縁にして王国南方を守護するリンスター公爵家長女、リディヤ・リンスターは間違いなく天才である。

一般には『剣姫』の名で知られていて、剣術だけの印象を持たれているけれど、魔法もリンスター家の象徴である炎属性極致魔法『火焔鳥』を十七歳にして使いこなす。

学問においても、王立学校を一年で飛び級かつ首席卒業。四年制の大学校も三年で卒業予定。これまた首席。三年かかったのも大学校側からの懇願で延長したに過ぎず、間違いなく、これからの王国を担う逸材中の逸材だろう。

あまり褒めると調子に乗るので本人へは滅多に言わないけれど——容姿も端麗。一度、紅いドレス姿を見た時は不覚にも見惚れてしまったものだ。

まぁ、此方に対する態度が酷いので諸々相殺されて、最終的には零評価になるんだけど。

……あいつ、僕に対しては何をしても良い、と考え違いしているのではなかろうか？

確かにあの我が儘を受け止める事が出来る人間は少ないけれど、それにしたって限度ってものがあるわけで——閑話休題。

そんなリディヤと殿下の才覚は、僕が見たところ、学問の面なら互角だ。

今回、作った模擬問題をあいつが解いても、これ以上の結果は出ないだろう。つまり、歴代最高得点を取る可能性が高い。この時点でもうとんでもない。

王立学校の入学試験問題は多方面から出題される。

魔法・語学・歴史・経済・政治・生態・気象……世の受験生が対策を考えるのを放棄するのも仕方ない。数年分ならいざ知らず、百年単位の試験対策なんか不可能だし。

だが、実のところ知識量は余り問題にならないのだ。

当然、基本は押さえておく必要がある。ある程度そこで得点も取れる。

けれど、あの長生きし過ぎて、何でも「三百より先は数えるのを止めた」と堂々とのたまい、根性がねじ曲がっている学校長が聞きたいのはただ一つ。

『何をしにこの学校に入学したいのか。卒業後何を見せてくれるのか』

これだけである。それを、様々な分野で偽装しながら聞いているに過ぎないのだ。馬鹿正直に試験勉強をしている子達を嘲笑う悪魔の如き所業。道理で、似たような思考をしている教授と仲が悪いのも納得。

どうしてそんな事が分かるかって？

僕の回答がそれで普通に受かったからです。知識問題で数問取りそびれていてもね。実技試験の相手として、わざわざその事を確認しに御本人が出てきたっけ。懐かしい。

あの時、ちょっと涙目になっていたのは何だったんだろう？　そこまで変な事はしてないと思うんだけどな……上級魔法を分解して見せた位で。

さて、今回の模擬試験、殿下は知識問題のほぼ全てで正答を書いていた。

学校長の嫌がらせの最たるものである、古代エルフ語を読める十三歳なんて王国内に何人いるんだ。少なくとも受験生にはまずいないと思っていたけれど、いたよ、こんな所に。

論文も現段階でほぼ完璧。これ、もう大学校の卒業論文並みだ。公爵が手元に置いておきたいのも頷ける。

……どうしたものかな。依頼に従うのなら、諦めさせないといけないんだけど。この結果を見る限り、彼女は王都へ行って世界を体験した方が良いと思う。

取りあえず——魔法を実際に見てから考えよう、うん。

*

「昨日の試験を返します。エリーにはちょっと頼み事をしているので、先にお渡ししますね」

「は、はい！」

大丈夫。そんなに緊張しなくても。

答案に花丸をつけて手渡すと、少しずつ頰が赤くなっていく。嬉しいらしく、髪がぴこぴこと動いていて愛らしい。宝珠でこっそり撮影。

「見ての通り、現時点でティナは筆記試験を合格——いえ、首席級の成績を取れると思います。特に、論文が素晴らしい。王都でも中々見ない出来です」

「あ、えと……あ、ありがとうございます」

「これならば、筆記試験対策は最低限で大丈夫でしょう。なので、今日からは実技、特に魔法を中心に練習をしようと思います」

「魔法ですか……」

嬉しそうだった髪の動きがぴたりと止まり、へなへなと折れる。

余程、苦手意識を持っているようだ。どうにかしてあげないと。

「まず前提を確認しましょう。ティナ、魔法の基本属性を教えてください」

「は、はい。魔法は基本属性として、炎・水・風・土・雷に分かれます。そして、極少数の人間が光・闇の特殊属性を発現させます。人は生まれながらにして、この七属性にそれぞれ大別され、得意、不得意が決まります」

「ハワード公爵家はどうなりますか？」

「うちの家系で強いのは、水・風となります。その二つを得意とし、氷属性を発現させ建国に協力したのが、初代ハワード公爵です」

「半分正解です。良く出来ました」

「半分ですか？」

教科書に載ってる内容なら満点。だけど――実際にはちょっと違うと思うのだ。

「まず、これは僕の考えです。教科書には勿論、どんな文献にも載っていないないですから誰かに言ったりしないでくださいね」

「は、はい」

「基本属性、とティナは言いましたが――それって何なのでしょう？」

「へっ？　昔から続く研究で定められたものではないのですか？」

「確かに。でも、だったら車の中で僕が見せた温度調整は何属性になるんでしょうか？」

「炎・水・風属性の魔法としか……」

「炎と水は今の考えだと対立するから、使いこなすのが非常に難しい筈です。実際、温度調整魔法は、余程大きな魔法設備を載せられる物――そうですね、汽車や大型船位にしか導入されていません。僕が使えたのは変じゃありませんか？」

「そ、それは先生が凄いからですっ！」

「僕は凄くないですよ。魔力量だけだったら、下位の方でしょう。ティナよりもずっと少ないですし、上級魔法も使えません」

　僕の魔力量は一般人よりも下の方である。上級魔法の式自体は組めても、魔力量が足りないから発動しない。何度、それで腐れ縁に虐げられてきたことか……制御だけならそう負けないんだけどな。

　そんな僕が仮にも、王立学校を平民身分では史上初となる、次席で卒業出来たのは突拍子もない事をしたからだと思う。

「『自分に合った属性』という考えをまずは一度捨ててみてください。頭をまっさらにして、色々な属性を試してみましょう。属性は……そうですね、説明する為の単語だと考えてください。そして、推測し、実践し、また推測し、実践する。ティナが今まで頑張ってきた植物や作物の研究を思い出してください。魔法もそれと同じなんですよ。その結果、やっぱり氷属性になったら、ああ良かったな。仮に、炎属性になっても、ああ、良かったな、です」

「そ、そんな……」

衝撃を受けるのも分かる。

何せ、人にはそれぞれ得意属性がある、は常識。それを一度捨てろと言われても中々出来ないだろう。初めて魔法を使う時は、その家が昔、発現させた魔法をベースにして考えるのが当然と言えば当然だから。

……これから話す内容はもっと受け入れ難いだろうけど。

「小さい頃、僕は素朴にこう思ったことがあるんです。『どうして、人は魔法を使えるんだろう？』と」

「そ、それは人が魔力を持っていて、使いこなそうと昔から努力を積み重ねてきたからです」

「本当に？」

「ほ、本当ですっ！」

むきになって答える殿下。

ちょっと前の妹に似ている。最近は、僕に厳しいからなぁ。

「僕の考えはこうです。『魔法は人が魔力を代償に借り物をしているだけである』」


幼い頃に読み聞かされた英雄達が主人公の御伽噺で印象に残ったのは、出てくる登場人物達が、凄い魔法――所謂『大魔法』と呼称されるものを軽々と操っていた事だった。


『勇者』が使ったという『天雷』は龍をも一撃で葬った。

『賢者』が使ったという『墜星』は国を一夜で滅ぼした。

『聖女』が使ったという『蘇生』は死者を生き返らせた。

『騎士』が使ったという『光盾』は全ての魔法を防いだ。


何時か、自分もそんな大魔法を使ってみたい。子供心に強く思ったものだ。

だが、文字を読めるようになり、わくわくしながら魔法の本を紐解いてみた時、憧れは失望に変わった。

魔法の研究自体は確実に進み、使用人口は年々増加の一途を辿っているのに、今となっては、これらの大魔法を使える者は誰もいないという。

炎属性大魔法『炎鱗』や氷属性大魔法『氷鶴』に至っては、最早その存在すら歴史の闇の中に消えつつあるのが実情だ。しかも、僕が調べた限りだと、一口に『大魔法』と今では言ってしまっているけれど、どうやら古には複数の系統があったようだし……。

例えば、『天雷』と『炎鱗』。

この二つ、どうやら完全に別系統の大魔法だ。

属性が異なる、という話ではなく、前者は純粋な攻撃魔法であるのに対して、後者は変な言い方かもしれないけれど、生物？　と思わせる記述が多い。発動後、かなりの長い時間、顕現するみたいだし。

個人で調べるのには限界があり、この四年間、色々な先生方に質問してみた。結果、反応してくれたのは極少数。実際の魔法式を知っている人は皆無。

あろう事か大魔法より一段下で、各属性に定められている極致魔法の使い手も年々減っているらしい。

近くに、まるで呼吸をするかのように放ってくる怖い子がいたから、意識しなかったけど、世間一般的にはそうなんだそうだ。

——はて？　でも、それはおかしくないか？

印刷技術や、様々な事を記録出来る宝珠技術が不安定だった時代ならいざ知らず、技術が発展し続けている昨今に、昔は使えていた魔法が失われていく？

確かに各名家が抱えている秘伝もあるだろう。口伝に拘っているあまり、人知れず消えていく魔法もあるのかもしれない。けど……この違和感は拭えない。

昔よりも戦乱が少なくなったのは事実だ。王国もこの二百年余り、大きな戦争は経験してない。だけど、怪物達の動きは各地で依然として活発だし、竜や悪魔もまた健在。これらの存在が弱体化したという話は聞かない。各国の軍事費が削減されるどころか、経済的発展に伴って、むしろ確実に増加傾向にある事からも、それは明らか。

つまり、魔法を実戦で磨く場所は過去と同じく掃いて捨てる程あるのだ。

にもかかわらず、人類が使える魔法は、少しずつ弱くなっている——。

「で、ですが、それは魔法を使う者の裾野が広がっている点を考慮に入れなければ……」

「確かに。けれど、威力や規模が確実に衰退しているのもまた事実でしょう。このままいけば、おそらく上級魔法の使い手も減って……いえ、もう減りつつあるのかもしれません。

今は数で質を補っているのです」

「…………」

「王国内だけ見ても、各公爵家を象徴している極致魔法、『火焰鳥』『氷雪狼』『暴風竜』『雷王虎』の使い手はもう極僅か。その威力はかつてより弱体化しているようです。『火焰鳥』は歴代最強かもしれませんが……例外と考えるべきでしょう」

「……つまり、こう仰りたいのですか？　『学び方が根本的に間違っている』と？」

やはり、この子は才媛だ。

「よく出来ました。正解です」

「二百年前の魔王戦争以降、各国が必死に行ってきた魔法の改良は……無駄と？」

「無駄とは言いません。確かに魔法を使える者の数は劇的に増えましたからね。けれど、結果として質の低下を招いている。何かある、と思う方が自然ではないでしょうか」

「……頭がクラクラしてきました」

そうだよなぁ。

こんな考えをいきなり言われて信じたのは、それこそあの腐れ縁くらい――僕が話した内容を聞くなり、剣を抜き放ち『……どうしてっ！　とっとと教えなかったのよっ！』と脅してきたのを昨日の事のように思い出す。

殿下が僕を真っすぐ見つめてくる。

「でも……先生の言われる事なので、全部信じます。私はどうすればよろしいんですか？

誰も確認した事がない各属性精霊が関係してきそうですね」

「……どうして、会ったばかりの僕をそこまで信頼してくれるのか、とてもとても不思議なのですが」

「え？　だって……教授とリディヤ様のお話通り、本当に凄いし、カッコ……な、何でもありませんっ！　進めて下さい!!」

いきなり、ぼそぼそと呟かれた後、顔を真っ赤にしている殿下。

何か地雷を踏んだかな？　あと、今、不穏な単語が聞こえたような……い、いや、気のせいだろう、うん、きっと、気のせいだ。

取り繕うように咳払い。

「こほん。僕は人が魔法を使えるのは、目には見えない精霊が力を貸してくれているからだ、と考えています。魔力はそのお礼ですね。王家や各公爵家は、各属性を得意としている精霊達から、好かれているのではないかと」

「しかし、その説は百年以上前の実験で否定された筈です。精霊が存在するのなら、火山で炎属性魔法を扱えば威力は増すと想定出来ますが……実際には何処で使っても同じ程度の威力にしかならなかった、と文献で読みました」

「本当によく勉強なさっていますね。正解です。火山で水属性魔法が強まった例もあったようですよ」

右手で頭を撫で――そうになるのを寸前で止める。危ない危ない。こうやって意識していけば、きっとこの癖も直せるだろう。

……心なしか殿下が不服そうなのは何でだろう？

「ところで、ティナは海の中に炎精霊がいると思いますか？」

「へっ？　い、いないと思います」

「何故？」

「だ、だって水の中で炎は存在出来ないし、精霊だって同じじゃ……」

「精霊を証明出来ないのに、どうやって証明を？」

「ひ、卑怯ですっ！　は、反則ですっ！」

「ふふ、すいません。ティナが優秀なので少し虐めたくなってしまいました」

「……先生はやっぱりちょっと意地悪です」

涙目になっている殿下。本当に優秀だ。会話をしていて楽しい。こんな風になるのは、良くも悪くもリディヤ相手だけだったし。

「僕はこう考えました。仮に精霊が存在するのなら、彼等にとって属性は余り意味を持ってないんじゃないか？　と」

「……属性を持たない、と？」

「そこまで極端ではありませんが、多少の得意・不得意程度の差しかないと仮定しています。もしくは、各属性を象徴している存在は別にいて、大多数の精霊達がそうかですね。では、今使われている魔法の構築式はどうなっているでしょうか？」

「炎なら炎だけ。水なら水だけ。風なら風だけ……強制的に一つを発動するように作られています」

「今までの話に根拠はありません。実験をしようにも見えない精霊、という存在を証明するのはとても難しいでしょう。けれど、彼等の立場になって考えたとして——毎回、同じ事しか注文してこず、強制しようとする人間に力を快く貸すものでしょうか？」

「……貸さないでしょうね」

「そうですね。だから、僕は魔法式を改良して『白紙』の部分を増やしています」

因みにこの考えを学校長へ卒業する際、素直に述べたところ、とても渋い表情になっていた。

おそらくエルフやら巨人やら、表面上、人族と友好的な長命種間に、取り決めでもあるのだろう。

多分、魔王戦争終了後からかな？　少なくとも魔法技術では人族を上回っておく必要がある、と考えたのは分からなくもない。今の段階でさえ、圧倒的な人口差でほぼほぼ実権を奪われているものなぁ……死守したいのだろう。

——僕には関係ない話なので、首を突っ込むつもりはないけれど。

「話が長くなりました。練習をするとしましょう」

「……先生」

お、まだ、質問があるのかな？

「やっぱり、どう考えても納得がいきません！　エリーは撫でて私を撫でない理由を早急にお聞かせ願います！　それと……敬語で話すのは止めてください!!」

……この子の考えもまだまだ理解出来ないや。

＊

唐突ではあるが、ここで僕の家族について少し述べたい。

両親は貴族じゃなく一般平民。夫婦仲は極めて良好。息子の僕から見ても、照れる位だ。

何しろ幼馴染がそのまま結婚したというから筋金入り。因みにこの話を聞いた腐れ縁は、何故か顔を赤らめこう言った。

『……あんた、どうして私と生まれた時から一緒じゃなかったのよ？　今からどうにかして、幼馴染になりなさいっ！』

無理です。こういう事を平然と言う子なのだ。……四年目の僕。もっと厳しく育てないと、後が大変だよ？　冗談抜きで。

両親の話に戻る。剣や攻撃魔法といった荒事とは無縁の生活で、王国東部の要で、通称『森の都』とも呼ばれる東都にて小さな魔道具屋を営んでいる。二人共、多少の生活魔法を使える程度。上級魔法なんて思いもよらない。

僕が生まれる随分前に亡くなった祖母は少し名の知られた魔法使いだったらしいから、その才が妹に受け継がれているらしい。

現在、王立学校へ通う今年で十五歳になる彼女は、妹ながらとても優秀。

性格も良く、身贔屓ながら美人と言っていいと思う。唯一の難点は、未だに兄離れが出来ていないことだけど……当面は可愛いから許す。寮生活中で親離れは出来ているし。

このまま成長していけば何れ王国でも屈指の前衛系魔法士になるだろう。一族の長すら狙えるかもしれない。出世する事に関しては本人もその気だし、頼もしいことだ。

『王宮魔法士筆頭になってお兄ちゃんを死ぬまで養ってあげるね！』と小さな頃よく、言ってくれたっけ。

――僕？　ああ、全然。

学問はそれなりだったけれど、知っての通り魔力は平均以下だし、実技も……王宮魔法士に落ちる程度だ。

僕が王立学校から、大学校まで行けたのは、単にあの腐れ縁にして傍若無人な天才、リディヤ・リンスターのお目付け役としての側面がかなり強い。いや、むしろそれが九割五分を占めているのだと素直に思う。何せあいつ『自分が出来るなら誰でも出来る』と思っている節があるからして……。

あいつに巻き込まれて、何人の将来有望、とされていた貴族の――特に子息様方が葬られた事か！　百人は言い過ぎ……かなぁ。ちょっと自信がない。けれど、それでも相当少なく見積もった方だ。

剣術バカだった入学当初ならいざ知らず、魔法においても国内最強格となってしまった現在、無茶ぶりをされて耐え忍べる人間はかなり少ない。その生贄――もとい、懐柔役にされたというわけ。

最初に会った時から、公女殿下とは露程も思えなかったこともあり、今やお互い気兼ねしない仲である。

最近に至っては下宿先に平然と泊まっていったりもする。そして、翌朝『どうして、手を出さないのよ！』と殴られるのが定番。解せぬ。出したら出したで、容赦なく斬ろうとしたり、燃やそうとしたりするだろうに……。ここだけの話、怒ると王国内で一番怖いだろうリディヤの御母様にも言い含められているのでそういう事は絶対出来ないし。

長々と語ってきたけれど……同じ公女殿下とはいえ、リディヤと殿下じゃ余りにも違い過ぎるのだ。

平民階級で育った僕は、当然の事ながらリディヤ以外に貴族階級の御令嬢なんかよく知らない。いや、厳密に言うと同期内でもう一人、僕を『大切な友人』と呼んでくれた人も知ってはいる。だけど……あの御方は特別過ぎる。今後の人生で会えるかも怪しい。

今までの経験から考えるとリディヤは例外中の例外だろう。あんな子がそこら中にいたら、僕は即座に王国から共和国へ亡命する。あ、それより商業国家の水都とかいいかもしれない。人の出入りに寛容だし。

故に幾らなんでも、本物の御嬢様、しかも『公女殿下』相手へ無礼を働くわけにもいかない。
僕にだってその程度の分別はつくのだ。
御分かりいただけましたか？
「……でも、先生はリディヤ様もよく撫でられる、しかも理由無しで、とお聞きしていま
す。また、誰もいないとずっと御二人はくっ付いておられてその間無言。お互い通じ合っ
ている雰囲気を物凄く出されて、とにかく部屋へ入り辛い、とも」
「ご、誤解です！　あれはそうしないと怒るから仕方なしに……自らの命を守る為にして
いるだけであって、それ以上でもそれ以下でもありません。そ、そもそも、そんな話をい
ったい誰からお聞きに？　……教授ですか？」
こくりと頷く殿下。
おのれあの腐れ親父っ！　僕のイメージを不当に貶めるとは。何だか、僕とリディヤが
とっても仲良しに聞こえるじゃないか！
あの無言の中に、どれ程の争いがあると思っているんだ。この前だって――。
『駄目。私まだ、読み終わってない』
『いや、勝手に寄りかかって来たのは君でしょうに』
『読み終わった。次、捲って』

『……はい』

不覚にも涙が出てきそうになる……。

いいだろう。この戦争、買おうじゃないか。今度会う時までにある事ない事、噂にして広めてくれる！

いや……家庭に落ち着いてもらった方がいいかな？　お嫁さんを押しつけた方がより、精神的打撃を与えられるような気が！　くくく……僕を敵に回したことを後悔させてやるっ。

はっ……怒りで我を忘れてた。目の前の拗ねている殿下を何とかしないと。

「ズルいです。先生は私を褒めてくださると仰いました。なら撫でる事も要求します！　いっぱい、撫でてください！　それと、想像以上にお優しいのはもう分かったので、私にも普段からもっと優しくしてください！」

「はぁ……分かりました。だけど条件があります。今からやる魔法の実習を上手く出来たらティナが嫌がるまで撫でましょう。優しくするのは、少し分からないのですが……善処はします」

「本当ですか！」

「嘘は言いません」

「──宝珠に記録させました。さ、私は何をすれば良いんですか？　今なら、何でも出来そうですっ！　『氷雪狼』位なら、発動出来そうですっ！」

うーん……この御嬢さん、少しだけリディヤと同じ気配を感じるから気を付けよう。

ただ、やる気があるのは良いことだ。そろそろ、彼女も──

「し、失礼します」

ほら、来た。丁度良いタイミング。ゆっくりとエリーさんがトレイを持って部屋に入って来た。

実習で使う物を彼女に頼んでおいたのだ。わざわざ載せてくる必要はなかったんだけど。袋で良かったのに。

──この後の展開が読めます。

「アレン先生、言われた通りに、きゃっ」

「っと、危ない危ない」

何もない所で転びそうになったエリーさんを抱きしめつつ、空中で物を静止させる。

ぷかぷか、と浮かばせ机の上にゆっくりと着地。

一、二、三──うん、蠟燭は丁度八本。これでようやく実習が出来る。

「ア、アレン先生そのあのえっと……」

「──先生、エリーが嫌がっています。早く離れてください」

頬を赤らめて、腕の中であたふたしているメイドさん。小動物的。

それを見て微笑みに極寒の気配を漂わせる殿下。

……ふむ。エリーさんを、ぎゅーっ、と抱きしめる。うわぁ、抱き心地が凄く良い。

「え、あうあうあうあう、あのそのえっとそのあの」

「先生っ！　離れてっ、今すぐにっ!!」

十分楽しんだので解放。

メイドさんが恥ずかし気に目を伏せつつ、スカート部分を両手で掴み、ちょっとだけ不満そうにしている。やっぱり愛らしい。

殿下からの視線が痛いなぁ、ははは。

「……先生は、やっぱり意地悪です。やらしいです」

「バレましたか」

「…………凄い人です。浮遊魔法をあんな簡単に使う人を初めて見ました」

「簡単ですからね」

「……嘘つき」

しっかりと見ている。この子はやはり賢い。

——真面目にやるとしようか。蠟燭を机の上に置く。

「今日——と言うより、これから三ヶ月でティナにはこの蠟燭を一つずつ別の魔法でつけてもらいます」

「つまり？」

「所謂『七属性』。そしてそれに『氷』を加えた旧八属性全てですね」

「…………やっぱり先生は意地悪です」

「そんな事ないですよ。何故なら——」

満面の笑みを浮かべ本心を告げる。

「ティナなら何の問題もなく達成出来ると信じていますから」

「……出来たら、ぎゅー、も追加でお願いします」

「ええ、喜んで」

さ、間に合うかな？　やってみないと分からないけれど、分は悪いかもしれない。

けれど間に合ってしまったら、公爵の依頼には応えられないだろう。むしろ……。

とりあえず、始める前にこれだけは聞いておかないと。

「一つだけ——エリーには一昨日聞きましたね。ティナは、王立学校へ本当に行きたいのですか？」

何度も思っているが、この殿下には才能がある。末恐(すえおそ)ろしい程の。

仮に魔法が一切使えないまま春を迎(むか)えたとしても、王立学校入学は特例として許可されるだろう。そうでなかったらどうかしている。

だけど本人が義務感で行こうとしているなら止めた方がいい。あそこは魔法を使えない者にとって、少々面倒(めんどう)くさい所だ。

僕も何度、「リンスター公女殿下から離れろ」「お前のような無能はこの学校に相応しくない」「下賤(げせん)の者が」等々言われたか。代わってくれるなら代わるけど、君達じゃ無理だよ、あいつの相手は。

そう言えば、次席での飛び級卒業が決まった時はこの世の終わりみたいな顔をしていたっけ、懐(なつ)かしい。

殿下の場合、既(すで)に作物研究で結果を出されている。義務だけなら、そんな所にわざわざ行くよりも、北方で経験を積んだ方がいいと思うのだけど——僕を見る強い意志が宿った瞳(ひとみ)。

「私は王立学校へ行きたいです。義務感からではありません」

はっきりとした口調での断言。

八本の蠟燭を、少し離しながら並べていく。準備完了。

「本当ですか？　この温室だけでも、ティナの植物や作物を研究する事に対する想いは伝わるのですが」

「植物も作物も大好きです。新しい品種が育ったのも嬉しかった。でも……笑わないですか？」

「笑いませんよ」

「小さい頃、御母様が読んでくれた物語で、英雄の方々が使われた大魔法に憧れているんです。何時か、私もあんな風に使いこなしてみたい、って」

照れくさそうに答えてくれた。ふむ。

殿下の頭をぽんぽん、とする。さー始めようかな。

「⁉　な、何ですか、今のは、何の意味が？？」

「説明をします。エリーも聞いてください。後で試験も返します」

「は、はいっ！　が、頑張りますっ」

「せ、先生！　説明、説明を要求します‼」

「ええ、頑張りましょう。エリーは本当に良い子ですね」

無意識に手が伸びてしまい、なでなで。

「……どうして、そこですぐエリーは撫でるんですか？　贔屓です。改善を要求します」

殿下はとても不満気である。隣のエリーさんはおろおろしながらも、頭を撫でやすいように動かしている。

この二人は見ていて、ほんとに飽きない。良い事だ。

「さて、ここに八本の蠟燭があります。これにそれぞれ違う魔法を使ってください」

「無視ですか、もうっ……先程、仰っていた基本七属性と氷ですね」

「そうです。エリー、炎魔法は使えますか？」

「は、はい！」

「そんなに固くならないで。気楽に、気楽に」

「え、えっと、火をつければ良いんですか？」

「そうですね。まずはそこからでしょうか」

おずおずと、エリーさんが一本目の蠟燭へ炎魔法を使うと、小さな火がついた。

「はい、よく出来ました。では、次の蠟燭へ水滴をつけてもらえますか？」

「ご、ごめんなさい！　私、炎と風の魔法が少しだけ使えるだけなんです……」

「なら、風を起こしてみてください」

「わ、分かりました」

二本目の蠟燭へ手をかざすと、芯が少し揺れた。

炎と風を最初から使えるのか。この子も中々優秀だ。

魔法の裾野が広がり、エリーさんみたいに初歩の魔法を使える人は増えているが、一属性だけが大半。自分の向き、不向きを家系で決めてきた弊害がここでも出ている。

「はい、ありがとう。最初から二つの魔法を扱えるなんて、エリーは将来有望ですね」

「あ、ありがとうございます。でも、その、私なんてダメダメで……」

「そんな事ないですよ。これなら、春の入学試験には十分間に合うでしょう。目指すは上位合格ですね」

「じ、上位？」

「さて、では次にティナ」

「私は魔法を全く使えません」

「やってみてください。でないと教えようもありません。それに、何でも出来そう、と力強く仰ったじゃありませんか」

「……分かりました」

殿下が悲壮感を漂わせつつ、蠟燭に手をやった。

――魔力の動きを感じる。

魔法式も綺麗に構築されている。真面目な性格がよく出ている基本に忠実な構築だ。


しかし……全く発動しない。


不思議だ。見たところ間違いは発見出来ない。模範的とさえ言えるんだけどな。

殿下がかざしていた手を力なく下ろした。ちょっと泣きそうな表情。

「…………ごめんなさい。やっぱり、出来ませんでした」

「謝る必要はないですよ。大丈夫です。魔力があるのは分かりました。後はどうして発動しないかを突き止めるだけです」

「……はい」

「おや？　ティナは僕を信じてくれないのですか？」

「そんな！　その、ないですけど……」

伏し目がちだった視線をこちらに向けてくるが、自信なさげにまた下へ。

……結構重症。今までの教師達にいらない事を散々言われてきたのだろう。

確かに魔力があり、構築も間違ってないのに発動しないというのは、普通の人からするとわけが分からないかもしれない。

ただ、構築のセンスも高いみたいだし、原因さえ分かれば突き抜けるだろう。間違いなく。

「では、模範例を見せましょう。二人にも出来るようになってもらいますから、そのつもりでいてくださいね」

どうしようかな？　初級魔法を使うだけじゃ面白味に欠けるし。何より楽しくない。

そうだ。こうしてみようか。これなら多少は見栄えもするだろう。

蠟燭の前で軽く手と手を合わせて、ほんの少しだけ魔力を動かした。

すると——

「「!?」」

「うん——中々ですね」

二人が酷く驚いている。大袈裟な。

簡単とは言わないけれど、こつさえ摑めれば難しくないのだ。実際、教授の研究室では……どうだったかな？　全部は余りいなかったかもしれない。

まぁ八本の蠟燭それぞれ、別の属性で花を咲かせる位は出来るようになる。

――かつて「無能」と呼ばれた僕に出来るのだから。

＊

親愛なるリディヤへ

突然の手紙でごめん。

王都に置手紙は残してきたけれど、きっとまだ戻っていないだろうから、こうして筆を執りました。内容は一緒だよ。

まず初めに、君の家の事だからもう伝わっていると思うけど……あーえーっと……僕は王宮魔法士試験を落ちたそうです。

……待って。こればかりは、試験官側の判断だからね？

少なくとも、今の全力を尽くしたし、筆記試験は君とも答え合わせをした通り、合格水準は超していた。

『だったら、何が原因なのよ！　はっきりしなさいっ』と君は言うかもしれない。

面接は大丈夫だったと思う。面接官を怒らすような事は……うん、ちょっとだけだった

し。

つまり、苦手な実技が原因だとは思うんだ。色々と特訓してもらったのに……結果、君の時間を奪う形になってしまって本当に申し訳ない。ごめん。

今、僕は王国北方にいる。嘘をついてもどうせすぐバレるだろうから、素直に書くとハワード公爵家に滞在しています。

またしても教授にはめられ——こほん、御仕事をもらって、故郷へ帰る汽車代を稼ぐ為、家庭教師をする事になったからです。

多分、この生徒さん、君も知っているんじゃないかな？

ハワード公爵家次女、ティナ・ハワード公女殿下。

ウォーカー家の孫娘で公女殿下の専属メイド、エリー・ウォーカー嬢。

とても可愛らしい子達だよ。まだ、授業を始めて数日だから、魔法の才能については何とも言えないけどね。

それじゃ、今日はこのへんで。また手紙を書きます。

王宮魔法士（候補）↓王宮魔法士（落第）になったアレンより

追伸(ついしん)

今の僕は傷心だから、今度会う時は多少手加減してくれると嬉(うれ)しい。いきなり、『火焔(かえん)鳥(ちょう)』の挨拶(あいさつ)は止めよう。怖(こわ)いから。

「ア、アレン先生……も、もう、私……私……」

「そのまま、そのまま。気を楽にしてください。気付いた時には終わっていますからね」

「は、はひっ！」

エリーさんが、身体を竦ませながら目をぎゅっと瞑る。

……怯える必要はないんだけどな。この子が悪さをするわけでもないし。やっぱり、初めては誰でも怖いものなのかもしれない。

少し震えているメイドさんの右手を優しく摑み、それを触らせる。

「ひ、ひゃぅ!?」

「どうですか？　感じますか？」

「えっと、あの、その……」

「大丈夫ですよ。落ち着くまで僕が手を握っていますから」

「あ、ありがとうございます……そ、その……思っていたよりも、温かいです……それと、魔力の流れをはっきり感じます」

「はい、よく出来ました。エリーは本当に、素直で良い子ですね」

「え？　あ、そ、その、あの……あ、ありがとう、ございます……」


「――こっほん」


室内に控えめな咳払いの音が響いた。

ちらり、と見るとそこには、氷の微笑を張りつかせている、白のドレスを着ている少女の姿。ふむ。

目の前のエリーさんを、ぎゅー、っと抱きしめる。

「ア、アレン先生!?」

「先生！　エリー！　早く離れてくださいっ！　さっきから、いちゃいちゃ、と……幾ら、教授の使い魔さんに直接触れて、『闇』を感じる実験だからって、頭を撫でたり、そんなにくっ付く必要性が何処にあるんですかっ！」

「んー、僕が楽しいですね。あ、エリーが嫌だったなら、今後二度としません。嫌でしたか？」

「そ、そんな事ない、です……えっと、もっと撫でてほしいです……」

「……エリー？」

「は、はひっ！　ご、ごめんなさいっ！」

エリーさんが涙目になって、僕から離れる。殿下の視線が僕にも突き刺さるけど、気にしない。今までもっと怖い存在から散々虐められてきているから、この程度は効かないのだ。

……褒められた話じゃないなぁ。

机の上でくつろいでいる教授の使い魔であり、黒猫姿のアンコさんが、少しだけ目を開け、不満気な目。

もっと撫でろ、と？　はいはい。

アンコというのは、遠い東の国のお菓子の名前なんだそうだ。黒いお菓子とな？

左手でご機嫌を取りながら、二人へ指示。

「今の実験で『闇』の流れを体感出来たと思います。早速、実践してみましょう。まずは、エリー」

「はいっ！」

何もついていない蠟燭の前に立ち、真剣な面持ちで両手をかざす。

　——残念、何も起こらない。

「あ、あれ……」

「大丈夫ですよ。いきなり、一発で成功したら僕がいる意味がありません。もう一度、アンコさんを触ってみて、挑戦してみてください」

「わ、分かりましたっ！」

「次はティナ、やってみましょう」

「……はい」

　悲壮な表情をしつつ、蠟燭の前へ。余程緊張しているのか、手と足が一緒に出ている。ちょっと面白い。

　ぎろり、と睨まれる。この子、僕の視線に敏感だな。

　何度か深呼吸をした後、意を決し宣言した。

「いきます！」

「はい、どうぞ」

　両手を突き出し、魔法式を構築——出来ない。一瞬、浮かび上がる式そのものは見事、の一言。これ程、精緻な式を組める人間は教授の研究室内でもそうはいない。

……が、駄目。魔法式は発動に至る前に崩壊、四散。

淡い蒼色の魔力の残光がほんの微かに見えたものの、それだけだ。

「ううう……」

泣きそうな表情で僕を見る殿下。う～ん、何でだろう？

魔力は確かにあるのだ。魔法式も教本通りだけど見事。展開までは出来ている。

……けれど発動しない。これは、呪いや妨害魔法といった他要素の可能性を考えるべきなのかもしれない。

殿下の頭に右手を乗せる。

「大丈夫ですよ。さっきも言いましたが、一度で成功されたら、僕は即御役御免になってしまいます。ゆっくり、じっくり、色々と試していきましょう。ティナも、アンコさんの魔力の流れは感じられましたよね？」

「……はい。『闇』は感じた経験がなかったので、正しいかは分かりませんが」

「『光』『闇』は扱いが難しいですからね。感じ取れたなら、可能性はある、という事です。落ち込まないでください」

「……先生」

「何でしょうか？」

「お手本をお見せ願えますか？　先日、見せていただいたお花以外がいいです」

「ふむ……分かりました。やってみましょうか」

頭から右手を外す。……何ですか？　その不満気な顔は。両手を塞いだままでは、まぁ出来ますけど、ちょっと面倒なのですよ。左手はアンコさんをもふっていますので。

右手を軽く握りしめ、少しずつ開いていく。

「わぁ～」

「!?　そ、そんな……こんな簡単に……」

「こんな物で如何でしょうか？　アンコさん、駄目です。その子を捕まえようとしないでください！　まったくもう」

僕は、たった今生み出した黒い魔法の子猫がちょっかいを掛けられる前に、右手で抱える。

よしよし、危ない所だったね。教授の使い魔なんてものをやっているせいか、アンコさんは好奇心旺盛過ぎて困るや。

……どうやら、僕の生徒さん達もそうみたいだけど。

「ア、アレン先生！　わ、私にも抱かせてくださいっ」

「エリー、私が先よっ」

「二人共、喧嘩しないでください。はい、一匹ずつどうぞ」

もう一匹生み出し、殿下とエリーさんへ抱かせる。これはいい画だ。映像宝珠で撮影しないと。

「この子、ほ、本当に生きてるみたいですっ！」

「もふもふ……本物の子猫を撫でてる時と同じ感触だわ……」

「ご満足いただけたようで何よりです。ただ、その子達の完成度が高いのは、アンコさんがこの場にいて、お手本になってくれているからです。毎回ここまで精巧に生み出せるわけではありません。そこは誤解しないでくださいね」

「「は～い」」

揃った返事が返ってきた。仲が良い二人だ。こうして並んでいると実の姉妹にも見えてくる。和んでいいな。

入学試験の実技では、魔法生物が出てくるかもしれないから、今の内に慣らしておくのは悪い事じゃないだろうと考えたんだけど……アンコさんに助けてもらっても駄目か。僕が来る前に到着していたから、王都へ帰るのを引き留めて、参加してもらったのに。

エリーさんはともかくとして、殿下はちょっと時間がかかるかもしれない。他の手を考えないと。

「では、次の授業に——何ですか、その目は？　……分かりました。その子猫達、半日位は消えません。抱いたままで良いですよ」

＊

夜、僕は公爵家の書庫を訪れていた。

この数日、色々と試した結果、エリーさんについては、いけそうだ、という確かな感触を得た。筆記も基本は押さえているし間に合うだろう。

半面、殿下は……今のところ、とっかかりさえも摑めていない。

筆記は完璧なので、実技にほぼ全ての時間を割けるとは言っても、三ヶ月しかないのだ。王立学校を目指すちょっと出来の良い貴族の子は、最低でも一年がかりで対策をする。今までも家庭教師についていた、とはいえ、その間、魔法は使えなかったわけで。

殿下が魔法を使おうとしているところを注意深く探り続けてみたところ、どうやら魔法の発動を何かが邪魔していることは分かった。だけど、それが何なのかが全く分からない。

気づいた時は、呪詛か？　と勘繰ったものの、そういう気配もなし。

仮にも、王国四大公爵家の一角なのだし、幾ら何でも今の今まで気付かないという事も考えにくい。

この阻害(そがい)している『何か』は彼女自身を害する存在ではないのだ。

と、なると……今の僕の知識では解決策が見いだせない問題になってしまう。

当然、そんな事で諦(あきら)めようとは思っていない。あくまでも、それは『今』の僕だからだ。ないなら見つけるだけ。

なので――夕食後、殿下がいない席で公爵へこう頼(たの)み込んだ。


『――うちの書庫に入らせてほしいだと？』

『はい。出来れば、古い文献(ぶんけん)――そうですね、魔王(まおう)戦争前の物に当たってみたいと思います』

『つまり……君の見解だと、今の魔法学ではあの子が何故(なぜ)、魔法を使えないのかを解き明かす事は出来ないと？』

『残念ながら。これは推測なのですが、今までの家庭教師になられた方々は、最初の段階で辞められてしまっているのでは？』

『……その通りだ』

『やはり。何かしら見解なども残されていないのですか？』

『この子は魔法が使えない。その原因は不明。時間の無駄。皆、それだけだっ！』

『……そうですか』

正直、職務放棄に近いと思う。魔法式は見事だし、発動直前までいっているのだ。必ず、使えるようになる筈。

ワルター様の目を見て、はっきりと告げる。

『公女殿下は、魔法を使えるようになられると思います。その為に、どうか書庫の文献に当たらせてください。授業に穴を開けるような真似はいたしませんし、持ち出す事など考えてもいません。あくまでも』

『……分かった。許可しよう。ただし、健康には留意するように。君が体調を崩してまで頑張ると、あの子は怒るだろうからな――グラハム』

『はっ』

『アレン君に、書庫の魔法鍵を』

『かしこまりました』

――という、やり取りがあったのだ。寛大な公爵には感謝するほかない。

窓から差し込む月明りと、手元の灯りを頼りに文献を探す。

流石は公爵家。文化財級の古書、希書が無造作に陳列されている。何時もなら、嬉々として読むところだけど、今はそんな事をしている暇がない。

王立学校と大学図書館にある文献はほぼ読んできているから、見知った物は省く。二百年より前のもの、しかも魔法学についての物があれば、有難いんだけど。


——その時、書庫の扉がゆっくりと開く音がした。


思わず物陰に隠れる。こんな時間にいったい誰が？

灯りが揺らめきながら近づいてくる。ん？　この声と足音は。

「いいですか？　ティナ御嬢様。すぐに出ますよ。そうしないと、私がグラハムに怒られてしまいます。鍵をこっそり持ち出していますからね」

「うん、分かっているわ、シェリー。すぐに——えーっと、あった！　『魔法学大全』これだわっ！」

殿下と初老の女性。まだ、直接話した事はないけれど、確かメイド長さんだ。

寝間着姿の殿下は人を殴り倒せそうなくらい分厚い本を抱えて、嬉しそうに跳ねている。

あれは既存魔法のほぼ全てが網羅されている図鑑だ。けど、今時、あんな物を読もうとする子がいようとは……大学校でも僕以外はいなかったのに。

「御嬢様は本当に奥様そっくりでございますね。本がお好きで、勉強家で、魔法に興味をお持ちになられて」

「そう？　御母様に似てるんだぁ。嬉しいな。私は魔法使えないけど……」

「大丈夫でございますよ。主人から聞きましたが、今の家庭教師の先生様は、大した御方というじゃありませんか！　私にはお優しそう、としか分かりませんでしたが」

「先生はとーっても、意地悪よ！　だけど、とてもとても優しい方……」

「不思議なお人なんですね。御嬢様、先に出ていてください。私は、鍵を閉めて後から追いかけますから」

「あ、うん。分かったわ。ありがと」

足音が遠ざかり、扉が閉まる音。さて——静かな声が響く。

「いらっしゃるのでしょう？　出てきてくださいませ」

やっぱりだ。この人、単なるメイド長じゃない。

歩調のそれが、グラハムさんそっくり。隙がない。敵意はないみたいだし、悪い事しているわけでもないので、棚の陰から顔を出す。

「ばれていましたか」

「隠れる気もそこまでなかったのでは？」

「……降参です。何の御用でしょうか？　僕と話したい事があったのでは？」

両手を挙げる。本気で何をどうこうするつもりはないし。

改めて見ると、その女性はやはりグラハムさんに何処となく似ていた。奥さんなのかな？

「貴方様にどうしてもお願いしたい儀がございまして、不躾ではございますが、この場に参上いたしました。私、当家のメイド長を務めております、シェリー・ウォーカーと申します」

「アレンです。偶々ではないのですか？」

「はい。ティナ御嬢様をお連れしなくとも、今晩忍び込むつもりでございました」

「なるほど」

「余り遅いと怪しまれますので手短に――貴方様には御嬢様が我等にとってどのような御方であるのかを知っておいていただきたいのです。それを知った上で、願いを聞いていたる。

真剣な眼差し。それだけで、何となく察する。ああ、殿下はこの人にとても愛されてい

だきたく」

「……ティナ御嬢様はとても御聡明でいらっしゃいます。既に、作物や植物研究で、ハワード家へ多大な貢献をされておられます。しかし『魔法を使えない』。ただその一点だけで、この数年間にやって来られた家庭教師の先生方は――全てを否定されて去っていかれました。その度、こっそりと泣かれる御嬢様の姿を見る度、私を含め屋敷の皆、心を痛め、こう思っていたのです。いっそ王都になぞ、行かなくても良いのではないかと」

全てを否定、か……何を見ていたんだろう。殿下の才覚はたとえ魔法を使えなくても、王国にとって宝だろうに。

「けれど、御嬢様はそれでも王立学校進学を諦められませんでした。そして――貴方様がやって来られる事になった。あの時の、御嬢様のお喜びようと言ったら！　最近は、私共に心配かけまいと、無理に明るく振る舞っておいでしたのに……アレン様」

「はい」

「貴方様と『剣姫』様は、御嬢様にとって憧れであり、希望そのものなのです。……お願いでございます。御嬢様をどうかどうかお救いください。もう、貴方様以外に頼れる方が

いないのです」

「……シェリーさん」

ぽろぽろ、と涙をこぼされているメイド長さんに、想いを新たにする。

「大丈夫です。必ず魔法を使えるようになります。僕はその為にここにいるんですから。安心してください」

「本当でございますか？」

「はい。あ、だけど、一つだけお願いがあります」

「何でございましょうか？　……御嬢様に手を出すならば、まずは、私と主人を倒してからにしていただかなければっ！」

「違います。エリー嬢の事です」

「エリーの？　も、もしや、何が御無礼を⁉　も、申し訳ございません。で、ですが、あの子に悪気はございません。どうかお許しくださいませ。あの子は、私とグラハムにとっては唯一の孫娘。あの子にもしもの事があれば……死んだ娘夫婦に申し訳がたちません」

「――そこです」

「どういう意味でございましょうか？」

まだ数日しか接していないけれど、エリーさんには十二分以上の才能がある。

なのに、どこか自信がなく萎縮しがちだ。性格と言ってしまえば、そうなのかもしれないけれど……今、シェリーさんを見て確信した。

この人達、自分達がどれだけ、エリーさんを大事に思ってるかを伝えていない！

「殿下の事はお任せください。貴女とグラハムさんには……エリーへ素直にどう思っているのか伝えていただきたい」

「そ、それは……伝えているつもりなのですが……」

「全然、足りていませんっ！　僕は、あの子に魔法を教える事は出来ますし、学問を教える事も出来ます。けれど、家族の愛情は与えられません。それが出来るのは——世界中で貴女方御夫婦だけです。どうか、よくグラハムさんともお話し合いになってください」

「………分かりました。主人とも相談してみます。ありがとうございました」

そう言うと、シェリーさんは書庫を出ていった。

前途多難だなぁ。だけど、今言える事は一つ。

——これ、家庭教師の仕事の範疇を超えて……はっ！

お、おのれ、教授……ここまで分かっていたなぁ……。

アンコさんの可愛らしさで相殺しようとしても、忘れない。僕は絶対に忘れないぞっ！

月明りの下、公爵家の書庫で、本を握りしめつつ決意を固めた僕であった。

＊

その日は朝から荒れ模様だった。部屋の外も、内も。

「納得がいきません！　ご説明願いますっ！」

「はぁ……」

椅子に座っている僕の目の前で、両手を腰にやりながら叫んでいるのは、ティナ・ハワード公女殿下。僕が十日前から教えている十三歳の女の子だ。

珍しく淡い翠色のドレス姿。何時もは白系が多いのだけれど、こういう色味も良く似合う。

「先生！　聞いていらっしゃるんですか！　……今、別の事をお考えでしたよね？」

「いえ、今日のドレスも似合っているな、と思っていただけですよ」

「……ふ、ふん。そんなお世辞に引っかかる程、子供じゃありません。そ、それよりも、ご説明をっ！」

「本心ですよ。何についてでしょうか？」

「決まっています。今朝、エリーと一緒に散歩をされた、というのは本当ですか⁉」

「散歩？　あれを散歩と言うのでしょうか？　むしろ、収穫作業に近いと思うのですが……。雪の下から、野菜を探すのは骨が折れました。美味しかったですが」

「……二人きりで、外の菜園に行かれたのは否定されないのですね。ズルいっ！　どうして、先生はエリーばかり贔屓されるんですか！　私も一緒に行きたかったです」

「いや、流石にまずいでしょう」

「どうしてですか！」

「どうしてって……」

困った。素直に、貴女が公女殿下だからです、と伝えたら臍を曲げられてしまいそうだ。

こういう時、場を和ませてくれるのは——部屋の扉が勢いよく開き、メイド服姿の少女が駆け込んで来た。

「はぁはぁ……お、遅くなりましたっ！　お祖母ちゃんのお手伝いをしてたら、時間が……あ、あれ？　ど、どうかされましたか？」

エリーさん違う！　いや、違わないけれど。今、来てほしかったのは、未だに屋敷内に逗留しているあの使い魔さんなんだけどな。

「エリー」

「は、はい。テ、ティナ御嬢様、その、あの、御顔が怖いです……」

「そこに座って」

「は、はひっ！」

殿下がエリーさんを強制的に座らせる。自分も座り手と足を組み、頬を膨らませながら、目を吊り上げる。

本人は精一杯、怒っているのだろうけれど、何だろう、とても微笑ましい。あわあわしているエリーさんと相まって余計に。

「一度、聞いておこうと思っていたんです……エリー、貴女、先生の事をどう思っているんですか！」

「へっ？　え、あの、その……と、とても素敵で優しい先生だと思ってますけど……」

「……確かにそうですが。で、でも、そうじゃなくてっ！　好きなんですか？　嫌いなんですか？　好きでもないのに、早朝から二人きりで、菜園に行くなんて……そ、そんなの私は許しませんっ」

「アレン先生のことは、好きですよ？」

「――へっ？」

　エリーさんの言葉に、殿下の顔がポカンとする。あー……多分、これは。

　仕方ない助け船――おっと、アンコさん。何処へ行かれていたんですか？　外は寒いからって、王都へ帰ろうとされないのは如何なものかと思います。一度留めたのは僕ですがいい加減、お帰りにならない？　そうですか。撫でろ？　はいはい。

「そそそ、そうなの？」

「はい。お祖父ちゃんとお祖母ちゃんの次に好きです♪」

「………先生」

「ふふふ。どうしてでしょう。今、僕にはティナの方がお姉さんに見えます」

「ち、違いますよ、アレン先生。ティナ御嬢様よりも、私の方が一歳だけ年上なんですから。お姉ちゃんは私です」

「エリーがお姉ちゃんらしかった事なんか、記憶にないですけどねー」

「テ、ティナ御嬢様！　ふ、ふんだっ。そういう風に言われるんでしたら、今度、雷が鳴る晩でも、一緒に寝てあげませんっ！」

「なっ!?　ひ、卑怯よ、エリー！　自分だって怖いくせにっ！　……いいわよ、そんな事を言うんだったら、私にも考えがあるわ。先生、聞いてください」

「何でしょうか？」

「これは——そうですね、ある私より一歳年上の女の子の話なんですが」

えーっと……屋敷内に一人しかいないのでは？

「御嬢様より一歳年上の女の子って、私の他にお屋敷にいたかな……」

気付いてないいんですか。止めはしませんが。

「その子、十四歳にもなるのに」

「なるのに？」

「お部屋がお人形だらけなんですよっ！」

「ほぉ」

「昔からずっとずっと子供っぽくて、そんなじゃ素敵なレディになれない、って言うんですけど聞いてくれないんです！　どう思われますか？」

「う～ん……エリーはとっても可愛いですね」

「へっ？　あ、あの、その……あ、ありがとうございます……」

「ど、どうしてそうなるんですかっ！　もう、先生は、本当に意地悪ですっ！　そ、それじゃ、私の部屋にお人形がいっぱいあったら」

「……ティナ、身体の具合でも悪いのですか？　授業は止めて、寝ていましょう。僕が運びますから。ね？　そうしましょう」

「うぅ～!!!　意地悪、意地悪、意地悪っ～！」

「冗談ですよ。御二人共とても可愛らしいと思っています。本当の姉妹みたいですね」

やり取りを聞きながら、幸せな気持ちに浸りつつ感想を述べる。

殿下には、王立学校へ行かれている御姉様がいらっしゃる、という話だけれど、この二人は本当に仲が良い。

そこには主従の絆もあるのだろう。でも、どちらかと言うと、年上でも少し天然かつ引っ込み思案なエリーさんを、基本的に高スペックな年下の殿下が何かと引っ張り、フォローしている不思議な関係。見てて飽きない。ほのぼのする。

無駄話はこれ位にしようかな。

「可愛らしい……えへへ、もっと言ってくれてもいいんですよ？」

「あ、ありがとうございます」

「考えておきます。エリーも来た事ですし、今日の授業を――」

天井の窓から閃光が走る。遅れて、ゴロゴロ、という激しい雷鳴。

一雨来そうだとは思っていたけれど……今朝もちょっと暖かかったし、雪が降るよりはいいか。ただ、明日から冷え込みがぶり返すと、色んな物が凍っちゃうなぁ。

両腕に温かい感触。

「……御二人共、何事ですか」

「ちちち、違うんです。べ、別に怖いわけじゃないんですよ？　ほ、本当ですっ」

僕の右腕には殿下が、絶対に私は放さないです！　という強固な意志を漲らせながら、しがみついている。

左腕には「うぅ……お人形さん達がいないと、か、雷怖いです……」と呟きつつ、控えめに僕の腕を摑んでいるエリーさん。

そして、膝上にはまったく動じていないアンコさん。本来、貴女が一番気にするのでは？　仮にも猫型なんですから。


——またしても閃光。そして雷鳴。


「～～～！」

「ううぅ！」

更に殿下のしがみつく力が強くなり、今度はエリーさんもぎゅっと左腕にしがみついて

くる。右手は痛く、左手は柔らかい。

……困った。授業が出来ない。二人の顔を見ると、目をしっかりと瞑っている。これ、傍目から見たら変な風に見えるんじゃ。

天井から見える雲は流れているみたいだけど、そう簡単にこの雷は止まないだろう。まさか、こんな所に落とし穴があろうとは。

――十日間連続休み無しで授業をしていたし、今日はお休みにしても良いかな？　もう筆記対策はほぼ終わっている。エリーさんに至っては、風の花を咲かす事にも成功した。

……殿下は、まだまだだけど。こればかりは色々試してみるしかない。

良し！　そうと決まれば、二人を部屋まで送って――エリーさんが、首を大きく振り、まるでしなだれかかるように頭を肩につけた。

「……授業、このまま、受けます」

「いや、それは」

「ティナ御嬢様は、お部屋へお戻りください」

「い、嫌よっ！　そ、そうやって、二人きりになろうと」

「……私は、御嬢様よりもお勉強が出来ません。だから、お休み出来ません。御嬢様と一緒に王立学校へ行きたいんです。離れ離れは嫌です！」

「エリー、貴女……。先生、私も、このままなら、受けれますっ」

「…………駄目です。休む事も大切です。今日はもうお休みに」

「ティナ御嬢様！　エリー！」

駆け込んで来たのは、普段はとても冷静な執事長さん。外にいたのか執事服が濡れていて、靴も泥だらけだ。あ、何か、さっきのメイドさんと同じような——おっと。

咄嗟に、二人と一匹へ浮遊魔法をかけ、自分の両手が解放。グラハムさんが抜き放った手刀の一撃を両手で挟み込み受け止める。おおぅ……目が怖い。

「……いきなり、攻撃は、どうかと、思うのですが」

「アレン様……先の状況のご説明願います。場合によれば……！」

案の定、誤解されている!?　説明しようとすると、手を取りあっていた二人が叫んだ。

「グ、グラハム！　あ、貴方、何をしているのっ！」

「お、お祖父ちゃん、止めてっ！　アレン先生は何もしてないよっ！」

「…………」

「その通りかと」

手がゆっくりと引かれ、殺気も消失。同時に深々と頭を下げられた。

「も、申し訳ございませんでした。頭が真っ白になってしまい……お客様をいきなり攻撃するなど、万死に値する所業！　どうぞ、何なりと罰を与えてくだされば、と思います」

「いやいや、お気になさらず。こういう展開、良くも悪くも慣れていますので。突然、雷が鳴ったから、御二人の事が心配で心配でしょうがなかったんですよね？　だから、わざわざ、外から帰って来て身なりも気にせず、ここまで一直線に来られた。今までは、グラハムさんか、いらっしゃれない時はシェリーさんや、他の人が対処されていたのですか？」

「……お恥ずかしい限りです」

「だ、そうですよ？　本当に愛されていますね、御二人共」

ぷかぷか、と浮かびながら、固唾をのんで此方を見ていた殿下とエリーさんは、まだ驚いているようだ。アンコさんは勝手に魔法を解除し、着地。

「今日はあいにくこの天候ですし、雷も止みそうにありません。授業はお休みにしようかと思っていたところなんです。魔法、解きますよ」

浮遊魔法を段階的に解き二人を床に、ふわり、と降ろす。まだ硬直。はて？　手を顔の前で動かす。

「？　大丈夫ですか？」

「……先生」

「……アレン先生」

「？」

「「何ですかっ、今のは⁉」」

　一気に距離を詰められる。近い、近いです。

「ど・う・し・て！　グラハムの攻撃をわざわざ受け止めてるんですかっ！　私達に浮遊魔法をかけてる暇があるなら御自身を案じてくださいっ！　というか、何で受けられるんですかっ⁉」

「そ、そうですっ！　お祖父ちゃんは格闘術の達人で、とっても強いんですよっ⁉　怪我されたらどうするつもりだったんですかっ‼　お祖父ちゃんもっ！」

「う、うむ……だ、だがな、エリーよ」

「「言い訳無用！」」

　グラハムさんが、返答に窮している。これは、貴重な光景なのでは？　アンコさん、何処へ行かれる──あ、二人の傍ですか。一鳴き。

「「……」」

「ほら、アンコさんも、止めて、と仰っています。僕にも怪我はなかったのですから、お部屋へお戻りください──また光りますよ？」

三度目の閃光と雷鳴。左右の腕がまたしても拘束。グラハムさんの声にならない呻き声。

「……御二人共……」

「「……このまま授業を受けます！」」

息がぴったり。仲良しなのは結構だけどあの子に似ませんように。

……多分、僕の手紙が向こうに届いた頃だろう。

*

逃亡中の誰かさんへ

遅い遅い、報告のお手紙、確かに受け取ったわ。わざと国営郵便にしたわね？

色々と言いたい事はあるのだけれど……まず、これだけは言わせなさい。

ど・う・し・てっ！　ハワード家なのよ！

あなた、寒いの嫌いじゃない！　うちなら、南方で暖かいし、何度も来てるんだし、勝手も知ってるのに、わざわざ、そんな所へ行く必要もないでしょう？

第一、うちの妹をこっちで教えれば良かったじゃないのよっ！　もうっ！　ティナとは王都の晩餐会で何度か会ったわ。私が知ってる限り、幾らあなたでもかなり難しいんじゃないかしら。勿論、あの手を使えば上手くいくとは思うけど。

分かってるわよね？　あれは禁じ手。私以外に使うのは止めておきなさい。責任取れないでしょう？　『ぐへへ、十三歳の女の子の人生を握ってやったぜ』とかいう事態になったら、次会う時は本気で斬って燃やすからそのつもりで。

……ねぇ、それと試験会場で何があったの？　終わった後も、何時も通りだったわよね？　あなたが、王宮魔法士程度の試験に落ちたなんて……正直信じられないわ。明日は、こっちでも大雪が降るの？　それとも、槍？

実技がどうこう、と書かれていたけれど、あれも何の冗談なの？

あなたをあの訓練場内っていう限定された空間内で誰かが倒したと？　私達を弄る事にいらない情熱をかけている教授や、あの性格がひん曲がっている王立学校長ですら、そんな事は無理なのに？

何か、私に大きな隠し事しているでしょう？　とっとと、吐いた方が身の為だと思うわよ。どうせ無理矢理吐かせるし。御主人様に隠し事をするなんて、何時からそんな大層な身分になったのかしらねぇぇぇ……。

まぁいいわ。当分、王都には戻らない、ということよね？　それなら、私もこちらで休暇を楽しむ事にするから――王立学校の入学試験前に会いましょう。

逃げたら地の果てまで追いかけて、斬って焼くから、そのつもりで。

追跡者（予定）兼御主人様なリディヤより

追伸
手紙は毎日とは言わない。でも毎週は書く事！　グリフォン便で送るように！

＊

授業の休憩中、今朝届いた腐れ縁からの手紙を読み終えた僕は、丁寧にそれを折り畳みつつ、溜め息を吐いた。

……まずい。相当、怒ってるや。

これは今度会った時、覚悟しておかないと命が危うい。何せ、あいつ、剣術だけでも王国内で五指に入る腕前で、今はそこに魔法まで加わっている。平然と炎属性極致魔法『火焔鳥』を速射してくるし。

だけど、試験に落ちただろう理由は分かっていても説明出来ない。どうしたものか……。

「先生、何かあったんですか？　も、もしかして……王都へお戻りに⁉」

「ア、アレン先生！　そ、それは、その、あの……だ、駄目ですっ！」

心配そうな表情をして公女殿下とエリーさん。二人共、真剣な眼差しだ。

いけない。一人じゃなかったんだ。溜め息なんか吐いていたら、心配かけてしまう。こういうところが駄目だなぁ。苦笑しながら答える。

「ああ、申し訳ありません。大丈夫ですよ。単に、リディヤから怒られただけです」

「怒られた？　そ、それだけの理由で、グリフォン便で送ってきたんですか⁉」

「た、確か、グリフォン便って凄く高いって……」

「そうですね。ただその分、段違いに速く送れます。僕が、こちらへ来てから送った手紙は国営の普通郵便でしたが、南方のリンスター家に届くまでに下手すると一週間、この手紙の感じだと、十日近くはかかったのかもしれません。悪天候の影響もありますし。ただ普通、僕みたいにお金を余り持っていない人間は、グリフォン便や飛竜便を使えません。

……手紙だけの為に使う、というのもあまり聞かないですけどね」

王国では、国営の普通郵便が普及している。が、届くのは遅いし、速達にしても少し速くなるだけ。

その為、民間には『速さ』を売りにした宅配業者があり、鎬を削っている。

その中でも、『飛竜便』と『グリフォン便』は双璧でかなりお高い。だけど、あの御嬢様はそれを平然と実行し、更には僕にもそうしろ、と言う。相変わらず、無理無茶を言ってくる。何処にそんなお金が……ん？

手紙が入っていたリンスターの家紋が描かれている封筒を確認。中から出てきたのは小切手。金額は丁度、南方へのグリフォン便の料金分。しかも、わざわざ、一週間毎に分けてある。

最後にメモ紙が一枚。そこにはこの四年間で散々見慣れた字でこう書かれていた。

『これで、何か問題が？』

そうだった……こういう子だった……。

がくり、と肩を落としてしまう。多分、僕に対するちょっとした意趣返しなのだろう。普段は、割と適当なのに、僕に対する時だけ手を抜かないのだ。

「うわぁ……リディヤ様、相変わらずなんですね。きっと、先生と離れ離れなのが、寂しくて仕方ないんです。でも、でも、今は私達の先生ですけどっ！」

「こ、ここまでして、アレン先生を想われて……」

何故か、二人は僕とは別の感想を持ったらしい。そういう風な可愛いものじゃないと思うのだけれど……。

手紙と小切手を封筒へ仕舞い、切り替える。今は、とにかくこの子達だ！

授業を始めて今日で二十日余り。成果は確実に上がりつつある。

……主にエリーさんが。

筆記対策は、殿下に関して言えば最初から大丈夫だったし、エリーさんもこの間、僕お手製の想定問題集を解かせたので、合格基準点はもう取れるようになっている。

流石、ハワード家を長年に亘って支えてきたウォーカー家の跡取り娘。基本は叩き込まれていたし、この子自体の素養も相当高い。

二人の採点結果は、ワルター様やグラハムさんにも、その都度報告しているのだけれど、御両人共、大喜びされていた。

この方達、自分の娘と孫娘のことが本当に大好きなんだろうな。だけど、残念ながら中々伝えきれていないのが、家族の難しさなのかもしれない。

まぁ、それを言うなら僕だってまだ王宮魔法士試験に落ちた件を、両親と妹には報せていないわけで……他所様のことは言えない。目途がついたら手紙書かないと。

とにかく、筆記はもう大丈夫だろう。問題は実技だ。面接？　あれは余程、性格破綻でもしていない限り大丈夫。何せ、リディヤですら問題なかったのだ。

「では、授業を再開しましょう」

「「はい！」」

二人が元気よく返事――いや、殿下はちょっと自信なさげ。まだまだ魔法に対する苦手意識は払拭出来ていない。一回でもいいから成功すれば、後はとんとん拍子だと思うんだけどなぁ。

『――あの手を使えば上手くいくとは思うけど』

……試してみるか？

い、いや、駄目だ！　あれはリディヤも書いていたけれど禁じ手。上手くいったのは奇跡。

魔法が使えるようになったのだって、あいつの素質が凄かっただけだ。それをもう一度繰り返すなんて、そんな危ない事は出来やしない。まして、十三歳の女の子の運命を僕が左右するわけには……。

「先生？　どうかされましたか？」

「た、体調が悪いのでしたら、えっと、あの、私、看病をしますっ！」

「……エリー？　貴女、最近、先生にすぐ近付こうとしていない？　この前の雷の一件あたりから」

「そ、そんな事、ありませんっ！　テ、ティナ御嬢様こそ、ここ数日は朝だけじゃなく、昼夕も、食事の席は先生のお隣の席を確保されて——私はお仕事で駄目な日もあるのに……」

「エ、エリー！　……ち、違います。あれは偶々、そう偶々なんです。先生が御一人で食べられているのが、お可哀想だなぁ、と思っただけです」

「そうですか。僕はティナが隣に座ってくれて嬉しかったんですが……」

「え？」

　僕の返答を予期していなかったのか、ティナの動きが止まった。

「ワルター様がおられず、御二人もいないと、隣に誰も座ってくれないので……。てっきり、避けられているのかと。アンコさんだけしか寄って来てくれない日もありましたし。でも、そうだったんですね。仕方ありません。公女殿下にご迷惑をおかけするわけにはいきませんので、今日から、お暇な時はエリーが隣に座ってくれますか？」

「は、はいっ！　よ、喜んで」

「む〜！　先生は意地悪ですっ！　エリーまで！」

「ふふ、冗談ですよ。さ、始めましょう。昨日、お渡しした僕の魔法式を一つずつ試してみてください」

＊

「……これも違う」

僅かな灯りの下、確認した古書は僕が欲している物ではなかった。

残念ながら二日酔いに効く魔法はもう知っている。王国の定める成人年齢は十六歳。腐れ縁がワインの味を覚えて以降、何度お世話になったことか……。

ここは公爵家の書庫。ワルター様に許可をもらってからは夜な夜な、こうして参考になりそうな文献を探している。

今日の実習でも殿下は魔法を発動させる事が出来なかった。

エリーさんは、日に日に成長を続けている、のにだ。

既に、炎・土・風と三つの花を咲かせる事に成功。残りはちょっと苦戦しているけれど、時間の問題だろう。

　一番、イメージし難い闇も、アンコさんが未だに逗留してくれているし、どうにか出来る筈。

　闇魔法主体の使い魔を使役している人は王国内でもそんなにいないから助かる。もしや、そこまで考えて教授は……いや、ないな。『使い魔』と言ってるけど、ここまで自由に行動させているとそもそもが怪しいし。

　彼女は自分でも少しずつ自信を付けてきたみたいで、積極性が出てきた。

　グラハムさんと、シェリーさんからも、何かを伝えてくれたのだろうか？　僕がここに来た時よりは、ずっと明るくなったと思う。俯いているより笑顔の方がずっと良い。


　……問題は、公女殿下だ。


　炎・水・土・風・雷・光・闇は全滅。それでも最初は、魔法式の展開まで一瞬見えたけれど、最近は展開前に消失。まるで――拒絶するかのように。

　ハワード家が得意とする氷は幾分かマシで、数瞬、展開はする。が、発動せず、ほんの僅か、おそらく、本人も気づいていない位の微小な氷片が舞う程度。

教科書に載っている既存魔法は元より、僕の魔法式、例えば単なる小さな火をつける魔法式の中に、他の属性を出来る限り簡略化して組み込んだものでも、駄目。

エリーさんは、それを使う事で上達が早まっているのだけれど。取りあえず、『何か』が阻害している事は間違いない。だけど、呪詛じゃないんだよなぁ。なら、いったい……？

王立学校の入学試験までは、移動時間や諸々の準備を考えれば残り八十日弱。日にちは確実に少なくなっている。

……困った。だからといって、絶望的、というわけでもない。少なくとも氷に関しては、発動一歩手前まで来ているのだ。

目に見えない程に舞う微小な氷片。あれが何なのかさえ分かれば、突破口になると思うのだけれど。

──そう思いつつ、古い文献を数冊抱え、書庫室の鍵を閉める。

さ、部屋に戻って読み込まないと。当たりがあるといいなぁ。

「アレン先生？」

これからどうするかを考えていると、後ろから耳に馴染んだ声。

振り向くとブロンド髪のメイド少女が灯りを持っていた。

「こんばんは、エリーさん。見回りですか？」

「は、はいっ！　たった今、終わってお部屋へ戻ろうとしていたんです。そしたら、御姿が見えたので。アレン先生は何をされて──あ、そうだ」

「？」

「えっと、えっと……本当は駄目なんですけど、少しお時間をいただいていいですか？」

＊

確かに積極性が出てきてくれたのは嬉しい。明るくなったのも良い事だと思う。

……だけれども。

「お待たせしました。温かいお茶です。どうかされましたか？」

「ありがとうございます。エリーさん、そこに座ってください」

「？　はい」

きょとんとしながらメイド少女が椅子に腰かける。こうして見ると、殿下に負けず劣らずの美形だ。胸もその……歳の割にはあるし。この子も数年後には男が放っておかないだろう。

真面目な表情を意識しながら目の前の少女に注意する。

「エリーさん、貴女はご自身がとっても可愛らしい女の子だっていう自覚を」

「——待ってください」

「何でしょう？　今、僕はとっても大事な話を」

「こっちの方がずっと、ずっと、ずっと大事ですっ！　……アレン先生」

「は、はい」

珍しく低い声と険しい視線。何時にない圧迫感。

「どうして、先程から『さん』付けなんですか？　何時もは呼び捨てで……もしかして、今までも、あの場だけだったんですか？　そうなんですか？」

「そ、それは……そんな事はないですよ」

「嘘、嘘です。酷いです……アレン先生にとって、私は、その程度の存在だったんですね。あんまりです」

「ち、違いますよ」

「でしたら今後は、常に、エリー、と呼んでください！」

「……分かりましたよ、エリー。約束します」

降参の意思表示に両手を挙げる。強気だ、参った。

ベッドの脇にはたくさんの人形達。この子達が傍にいるからなのかな？

「えへ、えへへ……ありがとうございます。アレン先生のお話は、何ですか？」

「あ、そうでした。エリー。いいですか？　何度でも言いますが、貴女はとても可愛らしい女の子なんですよ？　幾ら大事な内緒話があるとして、その相手が僕であってもこんな夜更けに、男を自分の部屋に入れてはいけません。何かあったらどうするんですか！　入学試験までの間に、一通り護身術等も教えるつもりではいますが……こういう事をするのは、今後心に決めた人相手だけにしてください」

「――なら、問題ないと思います」

「？　何か言われましたか？」

「い、いいえ。分かりました。でもでも……その、あの、雷が鳴る夜や怖い夜は、アレン先生のお部屋に行ってもいいですか？」

「そ、それは……」

「駄目ですか？」

今にも泣きだしそうな表情。くっ……。

「……分かりました。そういう時は、許可します」

「やったぁ。ありがとうございます」

「多分、すぐにバレるでしょうけど、殿下には内緒ですよ？」

「は〜い♪　……殿下？」

女の子は怖いなぁ。確か、エリーは公女殿下よりも一歳だけ年上と聞いているけれど、普段は妹みたいなのに。こういう時になると、大人びて見えるから困る。

お茶を飲んで落ち着き、話を促す。

「さて、本題を聞きましょうか。長居をしていて見つかれば、グラハムさんやシェリーさんに怒られてしまいますからね」

「あ、は、はひっ。アレン先生――ありがとうございました」

「どうしたんですか、藪から棒に」

エリーがいきなり、立ち上がり頭を下げてきた。さっきまでとはまた異なる真剣な表情。

正直心当たりがない。

「……見回りをしていた、というのは嘘です。お祖母ちゃんに教えてもらって、アレン先生を待っていました。この前、書庫で会われたんですよね？」

「確かに会いました。立ち話をしただけですよ」

「嘘、嘘です。この前、突然呼び出されました。そして、お祖父ちゃんとお祖母ちゃんに抱きしめられて言われたんです。『お前を誰よりも――世界で一番愛している。お前が、って」

娘夫婦の忘れ形見であるだけが理由では決してない。純粋に家族として愛しているのだ』

「――良かったですね。先日、雷が鳴った日の、グラハムさんの行動を見れば、一目瞭然だったかと思いますが」

「でもでも、今までそんな風に言ってくれた事はありませんでした。問い詰めたら、アレン先生にきちんと言葉と行動で示すよう怒られた、ってお祖母ちゃんが」

「別に怒ってなんかいません。ちゃんと言葉にしてあげてくださいね、と助言しただけです」

――そうかきちんと行動してくれたのか。良かった。

殿下に比べてこの子は人見知りが激しい。同時に甘えたがりなところもあるから、このまま王立学校へ進んでも、その部分で挫折する予感があった。

だけど『自分の事を家族が愛してくれている』というしっかりとした軸があれば、それを支えにしてきっと進んでいけるだろう。昔の僕みたいに。

立ち上がり手を伸ばして、ゆっくりと頭を撫でる。

「本当に良かったですね」

「は、はいっ。少しだけ……私の話をしてもいいですか？」

「ええ」

「――私の両親は、私が物心つく前に亡くなりました。お祖父ちゃん達から聞いた話だと、医師だった二人は、流行病が蔓延している王都で治療行為に従事し……そこで命を落とした、と」

十数年前の出来事……王都全体に突如として蔓延し、多数の死者を出したっていう『十日熱病』か。

未だ治療不可。その時にしか発生しなかった奇病として知られているけれど、結局、何故発生して、どうして収まったのかも分からなかったらしい。

王家に不満を持つ集団が引き起こした、っていう怪情報まであったそうだから、当時は本当に大変だったのだろう。

「だから、だから、私――両親の事、ほとんど何も知らないんです。どういう声だったのか、とか、何が好きだったのか、とか、どうやって二人は恋に落ちたのか、とか……お祖父ちゃん達は、王都に住むのに反対だったみたいで、詳しくは……」

エリーが頭を手にこすりつけてくる。

「遺された小さい私は、引き取られてここに来ました。――一番古い記憶は、雪の白さと寒さ。それと、私の後を一生懸命くっ付いてくる小さな女の子。あの子も、御母様を亡くされたばかりで、不安だったんでしょうね。似ているんです、私達」

くすくす、とエリーが笑う。頭を僕の肩に乗せた。

「昔は本当に私がティナ御嬢様のお姉ちゃんだったんですよ？　今は、その、あの……何となく、私の方が、お世話されているみたいですけど……年上なのに」

「確かにそうですね」

「……アレン先生は、ティナ御嬢様が言われるように、ちょっとだけ意地悪です。でも」

力を抜き身体を預けてくる。

「とってもとってもとっても優しくて温かい御方……貴方様に会えて、本当に良かった。最近、もう人生の幸運を全部使い果たしてしまったんじゃないかって、思うんです」

「そう言ってもらえるのは光栄ですね。だけど、エリー」

「はい」

膝を曲げて視線の高さを合わせ、微笑む。

――大丈夫だよ、という気持ちを心から込めて。

「貴女には十二分な才能があります。努力を忘れず、一歩一歩進んでいけば何にでもなれるでしょう。貴女は愛されていますし、一人じゃないんです。少なくとも――小さな女の子の手を引いてあげないと！」

「ふふ、小さな女の子、のですか？」

「そうです。お姉ちゃんなんですから」

「……アレン先生」

「何ですか？」

今度は、強く抱き着いてきた。この子からは初めてかもしれない。少し震えている。

「……私、私、怖かったんです。ウォーカー家の跡継ぎだって、昔から言われてきました。でもでも、お祖父ちゃんやお祖母ちゃんみたいに、なれるなんて全然思えませんでした。妹だとこっそり思っていたティナ御嬢様には、あっという間に学問で追い抜かれましたし、私の居場所なんて、もう何処にもないいんじゃないかって……。だから、今回、ティナ御嬢様に新しい家庭教師が付く、と聞いた時、勇気を振り絞って、旦那様にお願いしたんです。『私も一緒に教えてもらいたい』って」

「……そうだったんですか」

意外だ。てっきり、グラハムさんの進言によるものだとばっかり。

でも――そうか、この子は勇気を出して、舞台に上がったのか。

なら、僕はそれに応えないといけないいな。背中をさすりながら優しく名前を呼ぶ。

「エリー」

「……はい」

「君は凄い子です。自分の意思で、自分の路を切り開いた、とても勇気がある女の子です。ありがとう。そのお陰で、僕は君と出会えました。これからも一緒に頑張りましょう」

「アレン先生と一緒にですか？」

「僕と、殿下と一緒に、ですね」

「……一つだけ、お願いしてもいいですか？」

「何でしょう？」

「もし、もし……わ、私が、ティナ御嬢様と王立学校に入学出来たら、先生から抱きしめてくだしゃいっ！　……あぅ」

噛んだらしい。そしてこの子、殿下が入学出来ないなんて、露ほども考えていないようだ。思わず、笑い声が漏れてしまう。……良し。頑張らないと。

そんな僕を見ていたエリーは、上目遣いでおずおずと尋ねてきた。

「えっと、あの……駄目、ですか？」

「――分かりました。約束しますよ。僕は部屋に戻りますね。よっと」

「へっ？　あ、え、あの、その……ア、アレン先生？」

エリーをお姫様抱っこでベッドまで運び、毛布をかける。すると、すぐさま潜り込んでしまった。恥ずかしかったのかな？　机の上に置いておいた古書を持つ。

「お茶、御馳走様でした。また明日から頑張りましょうね」

「……は、はひっ。お、お休みにゃさい……」

扉を閉める前に小さな、けれどはっきりとした声。おやすみ、エリー。


――さて、と。


扉のすぐ外には二つの黒い影。

「グラハムさん、シェリーさん」

「『アレン様。エリーに手を出すのならば……まずは我等夫婦を倒してからにっ！』」

……その愛、ちょっと重たいです。

ですが見ての通り、片手が文献で塞がっていてですね――え？　それでもやる？

はぁ、分かりました。やれやれ。

なお、御夫婦揃って、王都でも滅多にいない水準の近接格闘戦闘の熟達者でした！

＊

「アレン先生、おはようございま——ど、どうされたんですか⁉　その御顔の傷！　た、大変ですっ。えっと、えっと、傷薬、傷薬……」

「え？　——ああ、大丈夫ですよ。大した事はありません。かすり傷です。回復魔法を使うこともないでしょう」

「だ、駄目ですっ！　じっとしていてくださいっ。今、取ってきますからっ」

エリーが、駆け寄ってきたかと思うと、すぐに部屋から出ていった。

何でしょうか？　公女殿下。

「……先生、エリーと何かありましたか？」

「いいえ。特段、何も」

「……本当ですか？」

「嘘をつく理由がありません」

昨晩、少し話をしただけですし。少しは仲良くなれたかな、とは思いますが。

ジト目の視線を感じながら、本を閉じる。これも外れか……。

「アレン先生！　持ってきま――きゃっ！」

――ああ、既視感。椅子から立ち上がり、受け止める。

「大丈夫ですか？　エリーは、もう少し落ち着いて行動した方が良いですね」

「あ、ありがとうございます……えっと、でも、アレン先生がいらっしゃる場合は、こうして、受け止めてくださいますよね？」

「まぁ、それはそうかもしれませんが……」

「なら、なら」


「……先生、エリー……」


おっと、いけない。

さ、エリー離れて――どうして、逆に抱き着いているのかな？

「……エリー？　先生が嫌がられているわ。離れなさい！」

「アレン先生、嫌ですか？」

「そんな事はありませんが」

「だ、そうです。ティナ御嬢様。なので、私はぎゅーとしてもらってもいいんですっ」

「……っ。せ、先生」

ああ、もう。今日も大変——エリー？

「（えっと……今度また、お話聞いていただけますか？）」

勿論です。だって、僕は君達の先生ですからね。

＊

親愛なるリディヤへ

十日ぶりに手紙を書きます。ごめん、色々と忙しくて遅れました。

最初に……あのね、幾ら何でも小切手はやめよう。

僕は君と違ってお金持ちではないけれど、お金の貸し借りだけはしちゃいけない、と、親からも言われているんだ。

今回に限っては何枚か使わさせてもらうけれど、後で家庭教師のお給料から返す。必ず返すから覚えておいてくれ。

こちらの状況は、以前とそこまで変わってない。

公女殿下が魔法を使えない理由は不明。一瞬だけ氷に反応するから、そこに解決の鍵があるのかもしれない。今は、公爵家に伝わる古い文献を調べてる。

専属メイドのエリーは中々凄いよ。この子、魔法を静かに使う事に天稟がある。このまま順調に育てば、王立学校入学試験で上位入学はいけると思う。

じゃ、今日はこのへんで。また、手紙書きます。

古い本に埋もれつつあるアレンより

＊

机の上に置かれている八本の蠟燭。

その前にエリーが立ち、深呼吸を繰り返していた。やがて、息を整え告げる。

「……いきますっ！」

「はい、どうぞ」

手をかざし、複数の魔法式が同時展開。また上達している。これは、大分、自主訓練をしてる。頑張り過ぎないように注意をしておかないと。

　まず開いたのは、炎の花だった。続いて、風、水、土――そこで止まる。

「お見事です。とても静かに発動出来ていますね。素晴らしいです。雷と光はまだ苦手ですか？」

「あ、ありがとうございます……えっと、その、あの……ちょっとだけ、怖くて……。で、でも、氷と闇はもう少しだと思いますっ！　ここ数日はア、アンコさんにも手伝ってもらっているのでっ」

「最近、見ないと思ったら……エリーの部屋に行ってたんですか。すいません、御迷惑をおかけして……」

「だ、大丈夫です。だって、その、もふもふですし」

　えへへ、と笑うメイドさん。順調だな。もう、実戦形式で教えてもいいかもしれない。

　……問題は、こっちか。

　同じ蠟燭、ただし一本だけの前に立つ、蒼色のドレスを着た少女。その表情には、悔しさと苛立ち、そして焦りが見える。

「ううう……どうして、どうして、駄目なんですか……」

「ティナ、大丈夫ですよ。まだ、時間はあります。微小な氷片を認識する事は出来ましたよね？」

「……何とか分かるようになってきました。でも、エリーはもうあんなに……ううう……」

「大丈夫ですよ。大丈夫。また、違う魔法式で試してみましょう。ね？」

「……はい」

泣きそうな少女の頭に手を乗せ、言い聞かせる。

う～ん……何でなんだろう。分からないなぁ。

情けない。この子にこんな顔をさせてしまうなんて。

――殿下の状況は、以前に比べてほんの少しだけ前進した。

氷以外の属性は幾ら魔法式を変更しても消失してしまうので、辛うじて反応を示す氷のみに特化。

まずは、僕が感知出来た微小な氷片を、殿下にも感じとってもらう事に集中させたところ、最初は半信半疑だった彼女自身も、今から一週間前、遂に成功したのだ。

初めて、それを見た時、殿下は呆然とされた後――ぽろぽろ、と涙を流されていた。

『……生まれて初めてです。初めて、自分の魔法を見られました……』

その姿を見た時、ああ、この子は思っている以上に悩んでいたのだ、と改めて痛感し、僕は自分を強く責めた。もっと出来る事がある筈だ。

その日以来、昼間は朝から夕方まで授業をし、夜は、夕食後から夜中まで文献を読み、新しい魔法式を構築している。

……が、今のところ、目立った成果はなし。停滞中。

エリーの方はさっきも見た通り、着実に成長しており、このまま上手くいくと全属性を操れる可能性すらあるだろう。

僕の魔法式をまるで乾いた地面が水を吸い込むように吸収し、最近ではグラハムさん、シェリーさんから近接戦闘の訓練も受けているらしい。凄まじい成長速度だ。

その姿が更に、目の前で思い悩んでいる少女を苦しめている事は、痛い程よく分かる。

何しろエリーは彼女にとって、親友であり、姉であり、妹なのだ。

今までは、どちらも大した魔法を使えなかったから顕在化しなかったけれど、ここまで差がついてしまうと……。

推測し、実践し、また推測し、実践する。その方法が間違っているとは思わない。

理由が不明だからこそ、この方法を貫くしかない事も、今までの経験則からすればおそらく正しいのだろう。

けど目の前で、悩んでいるこの子を見ると……自分の考えが揺らぐ。

リディヤには怒られるだろうし、絶交されてしまうかもしれないけれど……決断しないといけないのかもしれない。

いざとなったら殿下と僕の魔力を……。

二人が心配そうな表情で顔を覗き込んできた。

「先生？」

「アレン先生？」

「ああ、申し訳ない。少し考え事をしていました――時間ですね。今日はここまでにしましょう。ティナ、そんなに落ち込まないでください。また、次です。エリー、お見事です。また、明日も頑張りましょう」


夕食後、訪れた公爵の執務室で状況を報告する。

「つまり――君の力を以てしてもティナに依然として魔法を使わせるに至っていない、と。あの子に氷片を感知させたのは大したものだが……しかし、このままでは……」

ワルター様の声には失望と諦念が混じっていた。

今まで何度も同じ報告を受けてきたのだろう。その度に打ちひしがれ、それでも愛娘の希望を叶えるべく教師を探す――。

徒労にも似た行為を延々と繰り返していれば、こうなるのも仕方ない。

「同じ内容の教えを受けたエリーは才能を開花させつつある、か……皮肉がキツイな」

「殿下の魔力は膨大です。魔法の構築にも瑕疵は全くありません」

「……にもかかわらず発動しない、と。君が考案した新式でも同じか」

「はい。エリー嬢には十分以上の成果が出ていますが……」

二人に対して、初めて魔法の実習を開始してから約一ヶ月が経った。

その間、著しい成長を見せたのは――予想通り、エリー。

既存の一属性だけを強制発動させる魔法から、僕が構築したより単純――『白紙』の幅が大きい分、精霊が好き勝手出来る要素が大きい――な魔法を教えたところ、今ではほぼ自分の物としている。

実技はもう問題ないだろう。入学後を見据えた魔法を教える頃合いかもしれない。彼女自身もとてもやる気があるし、後は何処まで上位に食い込めるかどうかだ。

対して、殿下は――今日に至るまで芳しい成果が挙がっていない。

既存魔法は当初から全く発動せず。僕の魔法式も同様。

魔力量が膨大過ぎる為かと思い、供給を減らすように構築し直してもやはり発動せず。ならば、無理矢理発動させようと供給を増やしてもやはり発動しない。

魔力自体に問題があるかと言えば、そんな事もなく至って正常。幾度となく調べても呪詛の可能性は皆無。

魔法の構築はエリー以上に完璧。惚れ惚れする程で、毎日、練習を繰り返した結果、更に洗練されてきた。

だけど……駄目。本人が、氷片を分かるようになったのは大きな前進だと思ってはいるけれど、そこからがどうしても進めない。手詰まりだ。

まだ時間はあるけれど焦りを感じている。何でなんだろうなぁ……。

「君はどう思っているのかね？　入学試験まで後二ヶ月しかないが」

「本音でお話ししてもよろしいでしょうか？」

「無論だ」

「公女殿下は必ず魔法を使えるようになられます。それは間違いありません。ですが――入学試験までにそうなるかは未知数かと」

「……私が望んだ通り諦めさせる方向に進むのかね？」

「いいえ。魔法が使えなくとも、ご本人が望まれるのであれば王立学校へ進学されるべき、と考えます」

　ワルター様が目を閉じられ、大きな溜め息を吐く。

　そして、口を開かれた。

「……特例措置、でか」

「はい。公女殿下にはその資格が十二分に備わっています。仮に下りないとしたら、僕は王立学校の正気を疑います」

「……君にそこまで評価されるとは。本来であれば喜ばしい話だ」

「お世辞抜きに申しますが、公女殿下の才はリディヤ嬢に匹敵するのです。あの才を磨かせるのは、ハワード公爵家にとっても大なる益なのではありませんか？」

「分かっている。分かっているのだ！　しかし……君とて経験していよう？　貴族社会とは、とかく面倒なものなのだ。あの子にとっては過酷な路となるだろう」

　苦渋に満ちた表情をされている。

　それは公爵としてではなく、娘を想う一人の父親としてだろう。

　四大公爵家の次女が、魔法を使えず特例措置で入学。どう考えても目立つ。加えて、馬鹿な事を言い出す連中は何処にでもいる。

　公爵は、机の上で手を組み目を瞑りながら僕に結論を告げられた。

「とにかく、全力を尽くしてほしいが……一ヶ月前になっても、状況が同じなら私の要望通りにしてくれ」

「ですが！」

「すまない……この通りだ。頼む」

「……分かりました。これでも無茶をこなしてきました。何とかしてみせます」

まだ目途は立ってないけれど。どうにかするとしよう。

魔力があり、異常もなく、構築も間違っていない以上、必ず要因はある。

——手掛かりはすぐに消えてしまうあの氷片。そこから、崩すしかないだろう。

＊

翌朝、欠伸を噛み殺しながら部屋へ向かう。昨日、読み終えた文献も外れだった。

ここ数日、ずっと日の出近くまで起きているので、疲労が溜まってきている。今日は、朝食の時間に起きる事が出来なかった。

いけない。こんなことじゃ、二人に心配をかけてしまう。

「おはようございます」

扉を開けながら入っていくと、殿下が机に頭を載せて目を閉じていた。居眠りをしているらしい。

最近、この子も夕食後、遅くまで必死に魔法の練習をしていたから疲れているのだろう。エリーが来るまで寝かしておこう。

起こさないよう近づき、近くの椅子に座る。

持ってきた古い魔法学の文献を開く。魔王戦争以前の魔法について書かれているものだ。殿下と同様の症例が、少なくともこの二百年間で報告がされていない事は既に突き止めている。

ならば、もっと昔の情報に当たろう。幸い公爵家の書庫には多くの古書がある。

――静かな時間が過ぎていく。エリーは少し遅れているみたいだ。

文献の内容は、とある剣士の一代記で大変興味深かったが、今必要としている内容じゃなかった。残念。

次の本を鞄から取り出そうとした時、視線が交差。

「――先生」

「起こしてしまいましたか。申し訳ない」

「いえ。それ、凄く古い本ですね」

「魔王戦争以前の物みたいですよ」

「……私の為ですか」

真剣な口調だ。余裕がない。

この子は、少し真面目過ぎる。ぽんぽん、と頭を叩く。

「違いますよ。これは僕の趣味みたいなもので――」

「嘘です！　先生が、夜遅くまで本を読まれているのを私は知っています。今朝だって、食堂に御姿がありませんでしたし……。この一ヶ月で何百冊と……毎晩、書庫で探されてますよね？　しかも、私の為に新しい魔法式も毎日毎日……私達の夜の練習にも付き合われて」

「確かにそうです。けど、気にしないでください。本を読むのは好きですし。魔法式を改良するのもそうです。今朝はすいません。珍しく寝坊してしまいました。お恥ずかしい」

「………って」

「？」

「もっと怒ってください！　もっと責めてください!!　魔法が使えないのは、私に……私に才能がないからなんです……」

殿下が身体を大きく震わせながら立ち上がった。目には大粒の涙。

……僕が思っていた以上に自分を責めていたらしい。

エリーが成長しているのを横目で見ているのも大きかったのだろう。頭を下げる。

「ごめんなさい。君にそんな事を言わせるなんて、僕は先生失格ですね。ですが」

「もう……もう嫌なんですっ……。先生の事を尊敬していて大好きなのに……エリーの事も大好きなのに……貴方がエリーを褒める度に……日に日に成長しているあの子を見る度に……汚い感情が浮かんでくるんです……だからっ!!」


――刹那、凄まじい魔力の奔流が巻き起こった。


蒼い魔力が、部屋全体を覆い尽くす。

殿下の周囲が白く染まり、次々と凍結していく。

「これは……ハワード家の『氷』!?」

この一ヶ月、全ての属性魔法を試した。氷に可能性は感じたものの、全く発動しなかったのに何故？

……原因究明は後にしよう。これ程の魔力、一度も魔法を使った事がない殿下が制御出来ているとはとても思えない。


——暴走している。


今の状態は、全開になっている水道管だ。

幾ら魔力が膨大でも、そんな事を続けていればやがては枯渇し、最悪の場合……死ぬ。

「ティナ！」

「————！」

近づこうとするが障壁と化した吹雪を突破するのは至難。

『氷』の侵攻を遅延させるので精一杯。

さっきから炎を展開しようとしているけれど、恐ろしく鈍い。

……この、心臓を握り締められているような嫌な感覚は……得体の知れない『何か』がそこにいる。相対すべきじゃない『何か』が。

リディヤと一緒に黒竜とやり合った時と同じ感覚だ。しかも、ここには、あの何でも突

破してくれるだろう腐れ縁はいない。最悪だ！

状況を把握しようにも、殿下からの声は猛烈な吹雪に阻まれていてまるで聞こえない。

……八方塞がり。このままでは先に僕の魔力が尽きるだろう。

どうする、どうすればいい。考えろ、考えろ——考えるんだ！

部屋の扉が音を立てて開いた。

「ア、アレン先生、きゃっ！」

「アレン様、こ、これはいったい⁉」

「エリー、駄目だ！　グラハムさん！　離れを耐氷結界で隔離してください。このままでは、全て飲み込まれます！　僕は殿下を」

「アレン先生……！」

「——承知いたしました。御嬢様をよろしくお願いいたします」

不安気なエリーを連れ、グラハムさんが後退していく。流石は公爵家の執事長。判断が早くて助かる。

『氷』は更に強大かつ、その猛威を増し侵攻を継続中。既に僕の周囲も白に染まりつつある。

炎は使えない。いや、使えなくもないが、相当困難だ。少しの時間しかもたないだろう。

光・雷・土も動きが極端に鈍い。

水と風は反応を示すも……何だこの奇妙な感じ。生物みたいに怯えている？　無理矢理起動させて侵攻を遅延させるが、魔力効率は凄まじく悪化。

そして――闇は濃すぎる。こんな所で魔法を展開したら、僕自身も魔法を暴走させてしまうだろう。

今まで信じてきた考えが大きく揺らぐ。

明らかに、水・風・闇属性へ大きな影響を与え、他の属性を使えなくする程の『何か』がいる。

僕の力量と魔力を考えればこの吹雪を突破するのは無理。温度操作も何時まで保てるかは分からない。

……覚悟を決めるべきかもしれないな。

二度とやりたくなかったけど。まさか、ここで選択を強いられることになろうとは。

魔力が馬鹿食いされるのを承知で、水・風魔法を全力発動。自分周辺の温度操作も最小限まで削り、そちらに回す。

吹雪へ強引に干渉。殿下へ魔法で呼びかける。

『ティナ！　ティナ!!　聞こえているなら返事をしてください！』

『────い』

辛うじて聞こえた声を頼りに、再度干渉。

……リディヤの時よりも格段にキツイ。あの当時に比べれば、多少なりとも僕も成長しているだろうに。

どうにか殿下までの回路を構成。手持ちの魔力量を考えると長くは保てない。

『ティナ！』

『──生！　聞──ま──私──何が』

『今、貴女は魔力を暴走させています。そのままでいたら──最悪の場合は、命を喪う』

『──すれば？』

声は途切れがちだが、届いている。

後は、殿下が受け入れてくれれば……魔力を振り絞り、回路を強化。

──持って数十秒。

『今から、僕と貴女の魔力回路を繋げ、僕が魔力を制御します』

『そ、そんな事が可能なのですか⁉』

『僕は、リディヤが暴走を起こした時にこれで成功しています。不快だと思いますが魔力を繫げさせてください！』

『分かりました！　大丈夫です！　何も問題はありません!!　私は先生を信じています！』

『っ……』

即答に絶句。

他人に自分の魔力を委ねる。そんな状況なんて想定する事はないだろうし、言ってみれば、自分自身の命を相手に委ねるのと同義。普通の神経ではまず躊躇う。繋がる側の僕ですら、あまりしたくない。

まして、殿下とはまだ出会って一ヶ月足らず。それで『命』を懸けられる、か。

……これを解決して役目を果たしたその時は、どうしてそこまで信じてくれているのか尋ねてみよう。今度こそ、最後まで。

『ありがとう――ではいきます』

『はい！』

回路を繋げる――凄まじい激痛。

とんでもない魔力量に、僕の貧弱な身体が悲鳴を上げる。頭が焼き切れそうだ。

この子、下手すると、潜在魔力量もリディヤ並み……いや、それ以上かもしれない。手早く何とかしないと、長くはもたないだろう。

同時に流れ込んできたのは——怒り、落胆、失望、恐怖、焦燥、そして強い喜び——これは殿下の想い？　深く繋がってしまったせいか、感情がだだ漏れだ……当然、此方の想いも。

瞬間……殿下の『奥』に住まう『何か』が垣間見え、声が聞こえた。これは……？

無理矢理、魔力を制御し吹雪を弱める。同時に、炎が息を吹き返した。

が——先程来、感じている『何か』は健在。吹雪を完全に崩せない。

もう底が見えている自分の魔力と殿下から漏れ出た魔力をかき集め、炎属性極致魔法『火焔鳥』擬きを発動。

「これで！」

発動し、吹雪の中に突入。

リディヤのそれと比べるべくもない偽物の鳥はすぐに四散——十分。殿下の位置は既に把握済み。手を伸ばす。届け！

「ティナ！」

「先生！」

手を掴み引き寄せ抱きしめる。可愛いティナが無事で本当に良かった。小さな身体は震えている。余程、怖かったのだろう。

背中を優しく撫でつつ、顕現しようとしていた『何か』に視線をやる。魔力の供給を断たれ、静かに消えていく。

あれは、もしかして喪われた大魔法の――


「『氷鶴』？」


「――せ、先生」

視線を下にやると、少女が顔を真っ赤にしていた。

……回路繋げっぱなしだ。慌てて切断。

「こほん。無事で良かったです、本当に」

「あ、ありがとうございます……あと、先生」

「何でしょう？」

「私の事は、可愛いティナと呼んでくださいね？　これからずっと。……それと、殿下って何ですかっ！　禁止です、禁止っ！　全面禁止っ!!　しかも――エリーの部屋に行かれたようですね？　説明を要求しますっ！」

「あ、あの時間でそこまで読むとは……エリーとグラハムさんを呼んできましょう」

「駄目です。このまま抱きしめてください。今は、今だけは、私だけの先生です」

　この後、泣き顔のエリーが部屋に突入してくるまで、ティナは抱き着いたままだった。

　それを見たエリーが不機嫌になったので離れると、今度はティナが不機嫌になり……最近、何か悪い事したのかなぁ？

＊

　――僕は人と魔力を繋げる事が出来る。

　その事に気付いたのは、小さい時に妹と遊んでいたある日だった。

　基本的には身体能力で彼女に勝てない僕は、森林の中で追いかけっこしている途中、はぐれてしまったのだ。

　魔力は微かに感知出来ていたし、大丈夫だろう、と考え進んで行くとそこにいたのは、足を怪我した妹の姿。

　あの時は本当に焦った。後から考えると、単に挫いただけだったのだろうけど、妹はわんわんと泣いているし、当時の僕は自分にしか回復魔法を使えなかったから。

その時、何故か分からなかったけれど、妹の手を握った。痛いのが治るように、と。

すると――何かが繋がる感覚があり、妹はその直後『痛くなくなった！』と言ってまた元気に走り始めた。

彼女が王立学校に入学した時、この話をしたら『……覚えてます。兄さんは昔から心配し過ぎなんですよ』と照れていたっけ。

この能力については、あの日から今まで調べてきたけれど、詳細については一切分からない。故郷より、遥かに資料という点では勝っている王都でもそうなのだから、ちょっと途方にくれてしまう。

ただ、何度か使ってみた事で幾つか分かっている事もある。


一つ目は、繋いでいる相手とは、感情やお互いの思考が分かってしまう事。

二つ目は、僕は繋がった相手の魔力を制御可能だけれど相手は出来ない事。

三つ目は、使用出来る魔力の量は、相手の意志によってある程度決まる事。

四つ目は、一度繋いだ事がある相手ともう一度繋がるのはとても簡単な事。

これだけでもちょっとどうかと思う。ま、僕の身体能力だと、膨大な魔力を受け止めきれないから、極々短時間が限界で、万能には程遠いけれど。

今まで繋いだ事があるのは、合計で三人。昨日までは二人だった。で、この四つの他に、もう一つ、副作用のようなものがある。

それは——身構えている子に声をかける。

「準備はいいですか？　ティナ」

「……駄目です。『可愛い』が付いてません！　やり直しを要求します」

「エリー、さ、一緒に実習しましょうか。そろそろクリアしたいですしね」

「は、はひっ！　……えへへ、一緒です」

「先生！　エリー！　も、もうっ」

「冗談です。可愛い公女殿下」

「い、意地悪っ！　ふ～んだっ。いいんですよーだ。私にはアンコさんがいま……あぁ！」

「わっ、ど、どうされたんですか？　く、くすぐったいですよぉ」

危機を察知したのか、さっきまで椅子の上で丸くなっていたアンコさんが、起き上がり、何時にない敏捷な動きでエリーに飛びついた。珍しい。つまりは——それだけ危ないのか。

耐氷結界を準備しつつ、昨日、あんな事があったのに元気一杯なティナを励ます。

「……先生」

「見ていますから、全力を出してみてください。エリー、僕の後ろへ」

「は、はいっ！」

「いきます！」

ティナが蠟燭の前で手をかざす。綺麗な魔法式が展開――


魔法が発動した。


……いやいや。まさかここまでとは。エリーが賛嘆の声を出しながら、飛び跳ねる。

「わぁ～わぁぁ～わぁぁぁ～」

「……ティナ」

「は、はい」

「今日から、出力調整の勉強をしましょうね」

目の前には、部屋だけでなく温室の天井までも貫いた巨大な氷の花がそびえ立っていた。

本来、落下してくる筈の硝子も全てが凍結。耐氷結界を展開しているのに、寒い。更に幾重にも発動すると、ようやく収まってくる。

……これ、上級魔法規模じゃなかろうか。

僕と魔力を繋げた二日目に、嬉々として『火焔鳥』を操っていた誰かさんよりかはましかもしれないけれど、程度問題だ。

普通、この規模の魔法を使えたら即王立学校へ行ける。いや王立学校じゃない。大学校だ。

これを可能にしたのが純粋な努力の結果であったなら、こんな苦い思いにはならないんだけど——いきなりティナが抱き着いてきた。泣いている。何となく分かった、嬉し涙だ。

優しく抱きしめ、ゆっくりと頭を撫でながら、褒める。

「でも、よく頑張りましたね。偉いです。とっても偉いです。ティナは本当に凄い子ですね」

「…………」

頭を振りながら、更に強く抱き着いてきた。髪の毛が嬉しそうに揺れている。生まれて初めて、自分で魔法を発動出来たんだものなぁ。嬉しさがこみあげてくるのは当たり前だ。

僕達を見ているエリーの目にも涙が浮かんでいる。感極まったのだろう。ティナの上からのしかかってきた。

「ティナ御嬢様！　アレン先生！」

「……エリー、痛い」

「ぐすっ……よ、よがったぁぁ……ほ、ほんどによかったですぅぅぅ……」

「もう、泣き虫なんだから……でも、ありがとう……エリー、先生」

この子も思い悩んでいたのだろう。幼馴染で大切にしている子が、苦しんでいる中、自分は着実に成長していたんだから、余計に。

二人を見ながら温かい気持ちを感じつつ、現実に目を向ける。巨大な氷の花。

さっき見た限り……ティナの魔法式は、あくまでも初級魔法水準で、魔法式も既存のものだった。にもかかわらず結果はこう。

間違いない――ティナの奥にいる『何か』が影響しているのだろう。

そしてあの時、聞こえた言葉。

『オオ――ツイニワレ、鍵トアエリ』

……意味が分からない。『鍵』だけははっきりと聞こえたけれど。

でも、どうやらティナの魔法発動を阻害するのは止めてくれたみたいだし、彼女の中に、今までと同じく僕の制御回路は残ったみたいだ。

結果、ティナは膨大過ぎる魔力を、部分的に僕の魔法制御技術で扱えるようになった。構築技術は既に相当洗練されているのだ。後は感覚に慣れれば、自由自在に操れるようになるだろう。……更に頑丈かつ性能が良い耐氷結界を用意する必要はありそうだけど。

細かい事はこれからじっくりと詰めていけばいい、か。

今日のところは喜ぼう。ああ、それと——ティナの耳元で囁く。

「(ティナ)」

「ひゃうっ！　せ、先生、にゃ、にゃにを……」

「(魔力を繋いだ事は誰にも話してはいけませんよ？　あれは二人だけの秘密です)」

「(……秘密。先生と私だけの秘密……)」

「(そうです)」

「えへへ～♪」

「……ティナ御嬢様、アレン先生、わ、私を除け者にして、御二人で何をこそこそと話されているんですかっ！　ズ、ズルいですっ！」

「だーめ♪　な・い・しょ、なの。そうですよね、先生？」

「ティナ、そうやってエリーを煽るのは止めましょう。エリー、大丈夫ですよ。何でもありませんから。さ、後片付けをしましょうか。グラハムさんに怒られる前に」

もう一度、氷の花を見る――威力はともかく、精度が高過ぎる。僕よりも上だ。

ティナが無意識にそうしたのか？　それとも……。分からない事だらけだ。自分の考えが大きく揺らぐけど、目の前では二人が笑い合っている。

うん。こうやって喜んでくれているなら。後の事はその時に考えよう。


――あの子への言い訳も。

＊

実は学内『ギャンブルに負けていそうな先生』第六位な恩師様へ
お久しぶりです。一ヶ月半前、どなたかの策略により、雪国へ送り込まれたアレンです。
言いたい事は多々ありますが……ひとまず置いておきます。

大至急、送っていただきたい物があり、筆を執りました。

確か教授は軍の研究機関にも伝手をお持ちでしたよね？

出来る限り早く、軍用耐氷結界の巻物を複数こちらへ送ってくださるよう、ご手配ください。こちらの寒さは尋常のそれではありません。

このままでは、可愛い教え子は春にそちらへ戻る前に氷像になってしまう事でしょう。

どうかお助けください。よろしくお願いいたします。

暑さに弱く、寒さにも弱いアレンより

追伸
リディヤにはこちらへ来ている事をもう報せていますが……王宮魔法士試験で、何があったのかを聞かれても（もう把握されておられますよね？）お答えなきよう。
ところで、アンコさんが帰りたがらないのですが、教授、もしや無理矢理……。これが、事実ならば、分かっておいでですね？

働き者に見えて、実は怠け者に憧れているだろう我が教え子へやぁ、アレン。手紙、ありがとう。そちらを満喫しているみたいで何よりだよ。僕も本当なら行きたいのだけれど、知っての通り多忙でね……どうやら、この冬場は行けそうにない。残念だよ。まぁ僕は夏場しかハワード家へ行かない事を亡き母に誓っているから行けないのだけれど。この前、母に話したら君に会いたがっていたよ。

さて、お求めの物だが……君もリディヤ嬢も、僕に対して年々、敬意がなくなっているように思う。気のせいかな？

確かに、伝手はあるとも。これでも前王宮魔法士筆頭だからね。

けれど流石に、軍の物を横流しするのは大変なのだが？

今回は特別に送るけれど次回以降は少し遠慮したまえよ、君。

アンコの件もあらぬ誤解だ。私はこう見えても王都愛猫会の書記役を務めている。可愛がり過ぎたのは否定しないし、あの子が猫なのかは議論しなければならないけどね。

なお、私の学内ランキングは五位だ。訂正願う。

仕事は順調のようで何より。なお、リディヤ嬢へは返事が来なくても手紙を出したまえ。

真の働き者にして教え子達に脅される憐れな男より

「では、やってみましょう」

「「はい！」」

部屋の中にティナとエリーの声が響く。今日も明るくて元気がある良い声だ。

僕がハワード家にやって来て二ヶ月が過ぎた。

最初はどうなることかと思っていたけれど……。

「「出来ましたっ！」」

二人が叫びこちらを見る。褒められるのを待っている小動物みたいだ。

――魔法の見事な花が咲いていた。エリーの前には、計六本の花。ティナは一本。

「ティナ、魔法式が粗くなって花の一部が欠けています。目指すべきは、速くかつ細やかに、です。あと、威力が高すぎます。抑える意識を忘れずに」

「は、はい」

「エリー、まだ雷と光は苦手ですか？　そんなに怖くありませんよ。自分を信じてください。ですが、どうしても無理なら仕方ありません。他を磨きましょう。魔法を静かに起こすイメージで、繰り返してみてください」

「は、はひっ」

「……先生、エリーにだけ甘い気がします」

「気のせいですよ。ね、エリー？」

「は、はいっ。あのその……アレン先生はお優しいんですっ」

「なら、私にも優しくしてくださいっ」

「駄目です」

「なっ⁉　不公平です。意地悪です。贔屓ですっ！　断固、抗議しますっ！」

「……ティナ」

大袈裟に首を振りつつ、現実を指差す。

——先日の件で破損し、応急修理をされた天井と屋根を突き破っている巨大な花の氷像。

寒さは感じない。教授から送られてきた軍用耐氷結界は、いったい何処での使用を考えているんだろう？　と心底疑問を感じてしまう代物だったけれども、少なくともこの場では非常に役立っている。

……なるほど、こういう時に使う魔法だったのか。ほんとすごいなー。

氷魔法で屋根を塞ぎながら、ティナに問いかける。

「魔法一発発動ごとに、天井と屋根と結界を吹き飛ばすような子に優しさが必要ですか？」

「必要です！　絶対に必要です！　むしろ、全然足りていません！　これは先生の怠慢だと思います！　さ、早く、ぎゅー、ってしてくださいっ！」

断言だ、と⁉　しかも、この態度である。欠片も自分に非があるとは思っていないようだ。

う～ん……この子、少しずつ僕がよく知っている誰かさんに似てきているような気がするなぁ。教え方を間違えたんだろうか。少しむくれている顔はとても愛らしいから、許すけど。小動物っぽいよね。

そう言えばリディヤからも手紙があれ以来来ない。小切手の件が気に障ったのかな？　何かあったなら、絶対に報せてくるだろうから事件とかではないと思うけど。ちょっと心配だ。あれで、案外と落ち込みやすい子だから。

ただ、これから追い込みで忙しくなるし、返事が来ないのなら放っておくしかないか。

構い過ぎると、こっちへ乗り込んできかねないしね。

　ティナ、その目は何ですか？

「……先生、今、別の女性の事を考えられていましたね？」

「そんな事はありませんよ。エリーは続きをしていてください。ティナは……僕と一緒に
グラハムさんへ謝りに行きましょう」

「い、嫌です。最近、先生もグラハムもシェリーも、みんなみんな、私に厳しい気がしま
す。私は褒められて育つ子なんです。もっといっぱい褒めてくださいっ。折角、魔法を使
えるようになったのに、お説教されてばかりなんて……」

「ちゃんと褒めていると思います。さ、行きますよ」

「……う～。意地悪です」

　それでも手を差し出すと、ぶつぶつ、と文句を言いながら手を握ってきた。

　やれやれ。こういう素直じゃないところもちょっと似てる――ん？　逆側の腕に柔らか
い感触。見れば、エリーが抱き着いてきていた。

「わ、私も行きまぅ」

　……まぅ？

　思わずまじまじと見つめ返すと恥ずかしかったのか、頬を赤く染め俯いてしまった。う

ん、間違いなく可愛い。撮影して残しておきたい位だ。

今度は右腕に軽い衝撃。

——ああ、はいはい。ティナ、すぐそうやって対抗意識を燃やさない。

君の場合だと、ちょっと痛——うん、ごめんよ、失言だった。だから、近距離で凍らせようとするのは止めようか。冷たいからね。

＊

「…………また、でございますか」

「申し訳ありません。ですが、少しずつ制御出来るようになってきています。もう、温室全てを崩壊の危機に陥れる事はないでしょう」

「ご、ごめんなさい」

「お、お祖父ちゃん、ティナ御嬢様も悪気があってやっているわけじゃないから……その……あの……」

執務室で書類を整理されていたグラハムさんへ、今日も屋根に大穴が開きました、と報告をすると、書類仕事の手を止められて、疲れた表情をされた。

うん、その気持ちは凄くよく分かります。

軍用耐氷結界を易々と貫くティナの氷魔法——とても、つい最近まで魔法を使えなかった子が放つ威力じゃないですものね。修理代もかなり高いでしょうし。

頭が痛そうな執事長さんを慰める。

「取りあえず、応急的に塞いでおきました。春まではあのままでも大丈夫だと思います」

「……助かります。それはそうと、アレン様」

「何でしょう」

「その状態——私に対する宣戦布告と理解してもよろしいので？」

「あーえーっと……あはは……」

目を細めつつ、静かな声で質問された。思わず引きつった声が出てしまう。

現在、僕の両腕はティナとエリーに抱き着かれている。部屋の外で離してほしい、と言ったのだけれど頑なに拒否されたのだ。最近、少しだけ我が儘になってきているような気がする。自分の意思をはっきり示すのは良い事だけどさ。

グラハムさんの指摘を聞いた二人は、ますます抱き着く力を強めた。

「駄目よ、グラハム。先生に何かするのなら……凍らせちゃうわよ？」

「だ、駄目です、お祖父ちゃん！　またアレン先生に怪我させたら……私、怒っちゃいます！」

「うぐ……で、ですが、ティナ御嬢様、それとエリーや。アレン様の両腕にしがみついている必要はないのではないか？　離れても……」

「「こうしてたいのっ！」」

「ごふっ……」

グラハムさんが、机の上に突っ伏す。

……何だろう。初めて会った時は格好いい執事長さんだったのに、今は大事にしてきた御嬢様と孫娘を取られて、悲嘆に暮れているお祖父ちゃんにしか見えないや。

笑い話はここまで。本題にいこう。

「ティナ、エリー」

「「はい！」」

「グラハムさんとお話があるので、先に戻っていてもらえますか？」

「……先生」

「……アレン先生」

「そんな心配しなくても大丈夫ですよ。すぐ戻ります」

不服気だったものの、二人は僕の両腕から離れ――扉を閉め出ていってくれた。素直でよろしい。

――おっと。傾けた首筋横を手刀が通過していく。

「いきなりはちょっと」

「アレン様、御覚悟を」

「嫌です――少し、真面目な話があります」

「……おかけください」

怖い怖い。冗談の類と理解はしているけれど、体術だけだったら、僕が勝てる要素は薄い。シェリーさんもそうだけど、この老夫婦とんでもなさすぎる。

ハワード家の『顔』は公爵でも、内を統括しているのはこの御二人なのだ。だからこそ、ここで話を通しておく必要がある。

入学試験まで一ヶ月を切ったこのタイミングで。

――目の前のテーブルに紅茶のカップが置かれた。いい香りが漂う。

「ありがとうございます」

「それで、お話とは？」

「はい。単刀直入に言いますが、既にあの二人、王立学校入学は間違いなく、上位に入れると思います。ティナ――失礼」

「いえ、構わないかと。アレン様は、今やティナ御嬢様にとって掛け替えのない御方。その事、私と家内はもとより、屋敷内の者皆、理解しております。貴方様であれば、何も問題はございません。……旦那様の前ではまだまずいですが」

「では、御言葉に甘えて。ティナは制御が荒っぽいことは否めませんが、後二、三週間、練習を繰り返せば、どうにかなるでしょう。エリーは……もしや、御両親にも、魔法の才能が？」

「……二人共、素晴らしいものを持っておりました。ウォーカーを継がず、王都で医者になってしまいましたが。あの子の父は、私の旧友の忘れ形見でして、娘とは幼き頃から一緒に育ったのです。てっきり、継いでくれると思い込んでおりました。医者になる、と言われた時は動揺したものです。立派に育ってくれたのですが、王都に蔓延した流行病で……」

そういう経緯があったのか。道理で御二人がエリーを溺愛しているわけだ。

顔も知らないエリーの両親に心の中で告げる。

大丈夫ですよ。貴方方の娘さんは優しく健やかに育っています。何れ王国内でも知らぬ者がいない有数の魔法士になるでしょう。安心してください。

グラハムさんへ、頭を下げ謝罪。

「……申し訳ありません。辛い話を思い返させてしまいました」

「いえ、大丈夫でございます」

「話を戻しますね。エリーですが、何も問題はないかと。特に魔法の静謐性は、素晴らしい、の一言です。御二人から、体術の基礎を習っている、と聞いています。僕の方からも教えていますが、今後もよろしくお願いします」

「勿論でございます。本当にありがとうございます。エリーがあそこまで、成長してくれようとは。ウォーカー家当主として、感謝してもしきれませぬ。して……本題は、旦那様のことでございますか？」

「はい」

僕は、ここへ来てから、毎日、公爵とグラハムさんへは、その日ティナとエリーにあった出来事を報告している。どうしてもお会い出来ない場合は、文書だ。

当初は、二人共、一喜一憂しながら話を聞いてくれていたし、事後報告さえもしていた。

しかし——ティナが魔力を暴走させ、その後初めて彼女の意思で魔法を使った事を報告し、一度実際にそれを見に来られて以降、公爵は屋敷を留守にされたまま戻られていない。

何でも領内で土砂崩れがあり、近隣村落へ繋がっている唯一の道路が封鎖。孤立してしまい、その事故対策で現地に赴いたらしい。

だけど、帰りが遅い。遅すぎる。道路自体は短期間で復旧が完了した、とも聞いている
にもかかわらず戻られないなんて。

確かにご多忙なのだろう。北方を守護しているハワード家の当主なのだ。

けれど、疑念は持たざるをえない。

あの時——ティナが魔法を披露した時に浮かべた表情は決して喜びだけではなく、むしろ戸惑いと悲しみを強く感じさせた。

「ティナもエリーも十分、魔法を使えるようになったと思います。筆記については問題ありません。実技次第では、先程も言った通り成績上位の可能性すらあると確信しています。けれど……失礼ですが、ワルター様は、どうお考えなのでしょうか？　魔法が使える前までの態度と、使えるようになった後の態度が違い過ぎます。領内の問題に対応するのなら ば、この屋敷を基点に動いた方が効率も良い筈です。まるで……」

「アレン様、御懸念はごもっともでございます。ですが……これぱかりは旦那様の御心次第かと」

「では、もし仮に二人の王都行きを拒絶された場合……いえ、仮定の話をしても無意味ですね。分かりました。お戻りは何時になるのでしょう？」

「……分かりませぬ。申し訳ありません」

グラハムさんの中にも葛藤があるのだろう、苦渋に満ちた表情だ。

仕方ない。今の僕に出来る事は彼女達への授業をして、準備させる事だけだ。

立ち上がり、部屋を後にしようと──ふと、思い出し尋ねる。

「一点だけ、御存じでしたら教えてくださいますか？」

「何でございましょうか」

「書庫の文献類ですが時折、最後の頁に同じ名前が書かれています。あれは、どなたでしょう？」

「ご想像通りの御方かと」

「そうですか……ありがとうございます」

嗚呼、これはやはりどうにかしないといけないな。

＊

夕食後、自室で今日も書庫から漁ってきた文献を読破すべく、机の上で山になっているものの一冊を手に取った。もう一脚の椅子ではアンコさんが丸くなっている。

うわ、封呪付きか。厄介な。この時点で凄い魔力を内包しているのが分かる。こんな代物が平然と置かれているなんて……何と言っていいのやら。

公爵家へ来てから、久方ぶりにまとまった量を色々と読めているのは嬉しい。どうしたって、王宮魔法士の試験対策で読書量も減っていたし。腐れ縁には『無趣味の典型ね』と言われてきたけれど、好きなんだから仕方ない。自分だって相当読むというのに酷い奴だ。

今、読もうとしているのは、例によって魔王戦争以前の薄い古書の類。

ティナは魔法を使えるようにはなったけれど、阻害していたものの正体は未だ不明。何時、また使えなくなるかもしれない。出来れば対応策を持っておきたい。

あの時は、喪われし大魔法『氷鶴』なのかと思ったけれど、冷静になって考えると、白昼夢でも見たんじゃないかと思ってしまう。そもそも、魔法だったのだろうか？　むしろ、生物に相対しているような気配を感じていたけれど。

当の本人であるティナに確認したところ、そんな声を聞いておらず、また顕現しようとしていた存在も目を瞑ってしまっていて、見ていないと言う。

そして聞こえた『鍵』という言葉。

あれはティナを指しているのか……僕だとするならわけが分からない。何処にでもいる一般平民には縁遠い話だ。

何にせよ、新しい知識を仕入れておくに越したことはないだろう。ここまで、魔法関係の古書と希書を揃えている場所は、王都でも数えるほどしかないし。

リンスター家の書庫を見た時も感嘆したけれど、比較的、昔の帳簿や統計記録が多かった気がした。あの家は武門であると同時に、経済面にも長けている。

そんな事をつらつらと考えていると、控え目なノックの音がした。

「どうぞ、開いています」

ゆっくりと扉が開き、入って来たのは寝間着姿の少女が二人。上着は羽織っているけれど、身体のラインがよく分かる。

ティナはまだまだ幼い感じ。十三歳だしね。これからなのだろう。

後ろにいるエリーは――寝間着姿を見てしまうと、どうしたって少しだけ意識してしまう。ティナとは、一歳しか違わないのに、その差が。

……こほん。

「こんばんは、どうしましたか？」

「えっと……エリーが、眠れないからって」

「テ、ティナ御嬢様、ず、ズルいですっ！　さっき、一緒に読んだ本が怖くて眠れないって、私の部屋に来たのは、きゃっっ！」

「おっと、危ない」

興奮したエリーが裾を踏んでしまい、転びそうになるのを慌てて抱き止める。ほんとよく転ぶ子だなぁ。

しまった。さっきの古書を落としてしまった。アンコさん、触れない方がいいですよ。かなり危ないと思います。

腕に柔らかい感触。何時もより着ている物が薄いものだから、しっかりと分かってしまう。慌てて、離れようとすると——エリーが自分からしがみ付いてきた。えっと。

「アレン先生。その、あの、わ、私……」

「はーい！　そこまでっ！　……エリー、わざと転んだでしょう？」

ティナが強引に割り込んできた。エリーを押しのけ僕の腕に抱き着く。

……おかしいな。さっきと違ってあんまり柔らかさを感じないのは何でなんだろう？

いけない。ここから先を考えたら間違いなく凍らされる予感がする！　こういう時の勘が当たることを僕は誰よりも知っているのだ。意識するな。したら負けだぞ。

そんな失礼な事を考えているとは知らず、二人はじゃれ合っている。

「し、しょんな……そんな事ありません。わ、私は、べ、別にアレン先生に抱きしめられたい、なんて大それた……あぅ」

「う・そ・つ・きっ！　先生も先生です！　あんなだらしない顔されて……いやらしいっ。私の時は、ぜんっぜん変化なかったのにぃ。やり直しっ！　やり直しを求めますっ！　今すぐにですっ」

おっと、巻き込まれた。わざと呆れた口調で返す。

「……二人共、もう遅いのですから寝ないと駄目ですよ？　背も伸びませんし。ティナが怖いと言うなら、少しここにいてもいいですから。ホットミルクでも入れましょう。離れてください」

「ち、違います。べ、別に怖くなんか……ちょっとだけです。エリーの時とやっぱり反応が違うような気がしますっ！」

「気のせいですよ。そこの椅子に座っていてくださいね」

「う～先生の意地悪っ。バカっ」

ティナの悪態を聞きつつ床に落とした古書を拾う。その時、ふと思った。

――違う、魔法書じゃない。

これは個人的な日記帳なんじゃないか？　魔法書にしては薄すぎる。

だけど、信じられない水準の封呪がかかっているのはいったい？　この感じ、軍用結界級かな？　ここまで手の込んだものを組めるなんて……この持ち主はとんでもない人だったのだろう。

過去の人物に想いを馳せつつ立ち上がり、日記帳を置いた。

備え付けてある氷冷庫から牛乳が入っている硝子瓶を取り出し、二つの木製カップに注ぎ、少し考え蜂蜜を足す。

ん？　何です？　アンコさんも飲みますか？　仕方ないですねぇ。

お皿に注いで——え？　冷たい？　猫舌じゃないんですか？

呆れながらもぬるめに温める。すると、美味しそうに飲み始めた。主と同じで好みがはっきりし過ぎだと思う。

振り返ると二人は椅子ではなく、何故か僕のベッドに腰をかけていた。ティナはまだ頬を膨らませている。

苦笑しながら、カップを差し出す。

「はい、どうぞ」

「……ありがとうございます――温かいです」

「ありがとうございます。アレン先生、これって魔法で？」

「ええ。普通の温度調節とはまた違うので、ちょっとコツが必要ですけどね。急いで飲みたい時には使える小技です。でも、不思議と鍋で作った方が断然美味しい。二人は将来の旦那様へ飲ませる時には手間暇をかけましょう」

「旦那様、ですか」

「はぅ……」

僕をちらちらと見ながら頬を赤らめる二人。年頃の女の子には刺激が強過ぎたのかな？

椅子に腰をかけると、ティナがベッドを片手でばんばん叩き、エリーもじっと見つめてきた。何さ。

「先生、どうしてこちらに来られないんですか？　可愛い可愛い教え子がいるのに」

「そ、そうですっ！　えっと、可愛い、そのメイドも……あぅ……」

「駄目です。二人共、年頃の女の子なのですから、本当はこんな時間に男の部屋へ来てはいけません。男は狼なんですから」

「さっき、エリーを抱きしめて嬉しそうにされてたのに……先生も狼さんなんですか？」

「！」

「……秘密です。エリー、どうかしましたか？」

エリーがベッドに倒れ込み、毛布に顔を押し付け唸っている。はて？

まぁ、病気とかではなさそうだし放っておこう。

「もう遅いですから、飲み終えたら寝てくださいね。明日も休まず授業です。どうしても怖いのでしたら、少しの間はいてもいいです。僕はまだ起きていますしね。その代わり、お静かに。グラハムさんとシェリーさんにバレたら大変ですので」

「だ、だから別にそこまで怖いわけじゃ……。先生は、ずっとそうやって本を読まれてきたんですか？　ここに来るまでも。来てからも」

「本を読むのは好きでしたから。唯一の実用性を兼ねた趣味みたいなものです。御存じの通り、僕はそれ程、魔力があるわけじゃありません。極致魔法は勿論ですが、上級魔法も構築はいざ知らず、発動は出来ませんし」

剣術も魔法も勉強も一番にはなれなかった。別にそれをどうこう、とも思っていないけれど、読書量だけは人並みだと思う。

さっき読もうとした日記帳の封を一部解く。恐る恐る頁を開くと漆黒に染まった。おお、いきなり読めなくなっているのか。徹底している。ちょっとだけ親近感。

更にほんの一部を無理矢理、解呪。下から出てきたのはわけが分からない文字の羅列。

……暗号か。他者には読ませたくないと。

最初の封呪と次の封呪。そしてこの暗号。古書の中には、魔法が込められている物が多いとはいえ、厳重過ぎる。すぐの解読は困難だろう。

日記帳を閉じ保留にしている山へ置く。読むのに時間がかかるものは後回しだ。もし貸してもらえるなら、後日、教授か学校長に押し付けて読んでもらおう、そうしよう。

次は——やっぱり駄目だ。頭を掻きながら立ち上がる。

そして、僕を楽しそうに眺めていたティナを抱きかかえた。相変わらず軽いなぁ。

「へっ？　あ、せ、先生？」

「てぃ」

ベッドへ優しく投げ毛布をかぶせる。椅子を脇へ移動。

「視線が気になって集中出来ません。寝てください。別にいなくなったりしませんから。エリーも、気にしないなら今晩はここで寝てもいいです」

「ほ、本当ですかっ⁉」

「！　えへ、えへへ……ティナ御嬢様、失礼します」

エリーは幸せそうな笑みを浮かべ、ティナの隣に潜り込む。二人の笑い声。やれやれ。次の文献を手に取り、読み始める。

……約二百年前に書かれた魔法学の教科書か。さっきのに比べるとすらすら読めていい。

ん？　栞だ。へぇ氷魔法を地中から発動……こんな風に使っていたのか。

――やがて、静かな寝息が聞こえてきた。

二人は仲良く手を繋いで寝ている。この子達を一緒に王立学校へ通わせてあげたいな。

膝上に乗って来たアンコさんを撫でながら、心から思う。

読み終わった教科書の最終頁にはこの二ヶ月で何度も目にした、個人の蔵書印。

これだけの量の文献、しかも、教科書関係を集めたのは自分が読む為じゃない。それはきっと……。

とにかく色々と準備をしながら、公爵と話をしないといけない。

――約束は守ってもらう。たとえ、それが誰であっても。

＊

数日間、二人を教えながら僕はじっと待った。

必ず向こうから何かを言い出す筈。

何しろ、もう王立学校の入学試験までは一ヶ月を切っているのだ。受験の申し込みや、王都への移動等を考えればもうそんなに余裕はない。

――そして、時はやって来た。


その日、二人を教えていると部屋へシェリーさんがやってきた。緊張されている。

「アレン様、旦那様がお呼びです。執務室へ、とのことでございました。ティナ御嬢様、エリー、お菓子がありますから、取りに来てください」

「分かりました。ティナ、エリー、少し休憩していてください」

「「は～い」」

この笑顔を曇らすわけにはいかない。だって、僕はこの子達の先生なんだから。

大丈夫ですよ、シェリーさん。二人をよろしくお願いしますね。


「……色々と考えたのだが……ティナとエリーの王立学校受験は取りやめる事とする」

椅子に深々と腰かけられて、重々しい口調で公爵が語られた内容は、予想通りのものだった。横で控えていたグラハムさんの目が少しだけ細くなる。

僕はわざと小首を傾げながら尋ねた。

「どうしてでしょうか？　公女殿下もエリー嬢も、間違いなく王立学校入学——いえ、上位合格出来る水準にあります。この段階で断念される理由をお教えください。よもや、首席、次席合格でなければならないと？」

「……そういうわけではない。君が成し遂げた事については、幾ら礼を言っても足りん。まさか、エリーだけでなく、ティナまでも魔法を操れるようにしてしまうとは……。君は教授が言っていた通りの人物だったようだ。『彼とリディヤ嬢は不可能を簡単に可能とする』とな。……エリーについては、グラハム達の決断に委ねても構うまい」

「ならば、公女殿下も同様に」

「……駄目だ。許可出来ない。確かに、あの子は魔法を使えるようになったのだろう。しかし、そうなってから日が余りにも浅過ぎる。そのような子が王立学校の実技試験に挑むなど、とても正気の沙汰とは思えない。あの魔力量だ。威力は出よう。けれど、制御はどうなのだ？　私が見た後も、毎日のように温室の屋根を破壊していると報告を受けている。これでは万が一入学出来たとしても、周囲の人間に迷惑をかけるばかりだろう。それに……いや、君には関係ないことだ」

「では、どうして僕に御依頼を？　矛盾しています」

「……っ」

顔をしかめる公爵へ言い放つ。

「殿下に王立学校へ進む夢を諦めさせる。その為だけにわざわざ僕を利用されましたね？　最初から、出来る筈がない、と決めつけられて」

「…………君には大変すまないと思っている。無論、給金は支払おう。倍、いや三倍を」


「ふざけないでください」


「!?」

おっと、いけない。少し殺気を込め過ぎた。意図的に微笑む。

「失礼ですがワルター・ハワード公爵殿下、貴方様は何も見えておられません」

「……何だと」

「第一に、ティナは周囲に迷惑をかけると仰いましたが、既にここ数日で制御可能となりました。あれで迷惑をかけると判断されるのならば、今年の合格者は片手で数える程でしょう。大変ですね。ああ、申し訳ありませんがここ数日の報告は欺瞞です。御屋敷に帰ってこられないので、報告書は使い回させていただきました。真面目に目を通されていたならば、すぐ気付く筈ですが」

「何だと⁉」

「第二に、これは貴方様だけの問題ではありません。ティナの——そして、あの子の御母様が、貴方様の亡き奥様が望まれている事です。御自身の目で今の娘を見ようともせず判断されようとは……王国四大公爵家の一角、当代ハワード公爵殿下とはそれ程までに器が小さい御仁なのですか？」

「……何故、妻が望んでいると無関係の君に分かるのだっ！　私を怒らせようとして適当な事を言ったのならば」

「分かります。あの書庫に置いてある文献を見れば」

表情には強い疑問の色。やっぱりこの人は気付いておられなかったんだ。

会った事はない、きっと悪戯好きだったティナの御母様を思い、くすり、と笑う。あれは本を読まない人間には分かりませんよ。

いや——多分、信じておられたんですね。誰かが必ず気付くと。

「第三に、悪いですが僕は今まで生きてきて約束を破った事はないんです。そして、僕は二人と約束をしました。『王立学校へ入れてあげる』と。幾ら、貴方様が偉い偉い大貴族様であっても――一方的に破ると言うなら、承服は出来かねます。まして、貴方様ははっきり言われた筈です、ティナが魔法を使えるようになった時は後押しする、と。しかも、『亡き奥様に誓う』と付け加えられて。あの言葉は嘘だったのですか？」

「そ、それは……」

「嘘であるならば構いません。ただし……そうですね、王都で発刊されている全新聞の一面広告にでも、こう載せましょう。『ワルター・ハワード公爵は亡き妻の名前を持ち出す約束すら守れぬ男である。以後、そのように認識されたし』と」

「そ、そんな事出来る筈がっ！」

「――公爵殿下。貴方様が今、僕へ言われているのはそういう話です。『貴族だろうと、平民だろうと、死者の名前を持ち出してまで誓った約束を守れぬ男は屑以下。語る価値すらなく、死んだ方がマシ』。僕は父からそう教わりました」

「…………………」

怒気を纏いながら沈黙する公爵へ、深々と頭を下げる。

「どうかお願いします。ティナの、貴方様の愛娘がどれ程、血の滲むような努力をし、どれ程の力を得たのか、御自身の目で見て、感じてから御判断ください。もし……その上で、足りぬ、というのであれば、それは彼女を教えた僕の力量不足であり罪です。今までの非礼も合わせ、如何様にでも処罰を。甘んじて受ける覚悟は出来ています」

「……君は……優し過ぎる男だな……」

公爵の怒気が消失。

目を閉じられ――暫く考え込まれた後、静かにこう言われたのだった。

「……分かった。ただし、条件がある」

＊

「「さ、最終試験ですか!?」」

「はい。心配しないでください。ちょっとしたものですよ」

部屋で仲良くお茶をしていたティナとエリーへ、何でもないかのように報告する。

僕も落ち着かないと。冷静に冷静に。

「ティナもエリーも、今まで本当によく頑張りました。まず間違いなく王立学校へ入学出来る、と僕は確信しています。筆記はこれから毎日、僕が渡した予想試験問題を解いてくださいね。実技もほぼ敵う子はいないでしょう」

「全部、全部、先生のお陰です」

「は、はひっ。アレン先生に教わったからです」

「そう言ってもらえるのは非常に嬉しいのですが、貴女達が毎日頑張った結果ですよ。僕は夜な夜な本を読んで、少しそのお手伝いをしただけですからね」

「そんな事ありませんっ！　だって……だって、私に『魔法』を与えてくださいました！」

「そ、そうですっ！　アレン先生じゃなかったら、私、私は、ずーっと駄目な子でした」

「ありがとうございます。僕も癖になっているみたいなんですが、自分を卑下するのは、少しずつ止めていきましょうね。ティナもエリーも、本当に可愛らしくて、将来有望なんですから。これからもどんどん綺麗になってゆくし、どんどん凄くなっていけるはずです」

「はぅ……」

「あぅ……」

あれ？　素直な感想を言ったのに、何時も以上に頬を赤らめて二人共俯いてしまった。

何でだろう？　普段から言ってると思うんだけどな。

「……先生って何時もはちょっとだけ意地悪なのに、こういう時だけ本気で言うんだもの。嘘じゃないのが、分かっちゃうんですよ……バカ」

「……あの、えの、その……ア、アレン先生、だいしゅき、です……」

「？」

ぶつぶつと小声で呟いているけれど全く聞き取れない。

時折、こうなるんだよなぁ。そう言えばリディヤもそうか。共通項があるのかな？

「そ、それで、最終試験って何をするんですか？」

「そ、そうでしゅ……そうです。早く教えてください」

言い直した。何度聞いても、和む。良いなぁ。

試験内容を説明する。

「本来なら、ワルター様が直接最後の確認をされたい、と仰っていたのですが、御多忙なご様子で、どうしても時間が取れないそうなんです。その為——」

「あ、分かりました」

「ア、アレン先生に勝てばいいんですね？　勝ったら……その、あの、受かった後も……」

「エリー、さっき抜け駆けは禁止って言ったでしょ!?　二人で一緒にお願いしようねって」

「こ、恋は戦争だよ、ってお祖母ちゃんが教えてくれたんですっ！」

「シェリーまでぇ。先生、容赦しませんから！」

「……何か、誤解されているようなんですが、相手は僕じゃありませんよ？」

物騒な。何時の間にか、僕は教え子達から打倒目標に掲げられていたらしい。

女の子の思考法って……いや、語弊があり過ぎる。

僕の周囲にいる女の子達って、最初こそ殊勝だけれど、どんどん強くなっていくんだよな。出来ればこの子達にはその路を歩んでほしくなかった……。

「相手はワルター様が連れて来られる方です。凄腕、とのことです。油断しないように。試験日は王都出発の三日前です。これから、細かい事を詰めていきましょう」

「「はいっ！」」

だけど、可愛い教え子の為だから。公爵には悪いけれど、手加減なんかしないのだ。

＊

「ぷっはぁ」

お風呂上がりに、少し甘くしてある冷たい牛乳をあおると思わず声が漏れた。不思議と美味しいんだよね。

誰の発案かは知らないけれど、お風呂場近くの広間に、氷冷庫とくつろげる大きなふかふかのソファを設置した公爵家の人は物事を分かっている。カップもわざわざ硝子製だ。食事等々で使っているのは基本木製なのに。

普段は遅い時間に入っているのだけれど今日は早めの時間にしてみた結果、がら空きだった。広間も独占。これはこれで良いな。普段だと、公爵家に仕えている人達とだいたい一緒になって、結構な確率で絡まれるし。

基本的にいい人ばかりで会話も楽しい。でも……執拗に二人との関係を聞かれるのは困る。お嫁さんにしないです、と言えば怒るし、冗談で、お嫁さんにする、と言っても怒るし。ほんと、ティナとエリーは愛されている。……少々重たい気もするけど。

大きな窓の外はもう日が落ち、真っ暗。吹雪いていることだけは風の音で分かる。毎日毎日、よく降るなぁ。屋敷内、特にここは地熱が効いているから、寒さは気にならない。

――ハワード公爵家の屋敷には、僕の目から見て二つの凄い施設がある。

一つは、勝手知ったるティナの温室。

そしてもう一つは、今、僕が出てきた大浴場だ。使われているのは普通のお湯じゃない。なんと、天然温泉。中は泳げる位広く。当然、男女別。ここまでの施設は王国内でも数えるほどしかないだろう。

何でも、初代ハワード公爵が無類の風呂好きだったらしく、温泉が湧いていたこの地を本拠に定めたんだとか。初代公爵、貴方とはきっと良い友人になれたでしょう。

僕は雪国の経験がなかったせいもあり寒さは苦手だ。だから、毎日こうして身体の芯まで温まれるのは本当に有難い。一日の疲れも取れるし。肌も前よりすべすべになった気がする。美味しい冷えた牛乳が飲めるのも嬉しいしね。

部屋に帰ったら今日はどうしようかな。まだ、読んでない文献もあるし、最終試験対策もしないといけない。少し間が空いたしあいつへ手紙も書かないと。

ソファに身体を沈めながら、硝子カップを傾けつつ考えていると、女湯から、頭にタオルを巻いている寝間着姿の少女が布袋を持って出てきた。僕を見ると何故か硬直。はて？

「！」

「おや、エリーもお風呂でしたか」

「は、はひっ。え？　ア、アレン先生、い、何時もはこの時間じゃ……も、もっと遅い時間だって……」

「偶には早く入ってみようかと。……エリー、髪は乾かした方が良いと思いますよ？」

「こ、こ、これは、そ、その……い、何時もは違うんですっ。ち、ちゃんと乾かすんです。けど、あの……」

恥ずかしそうにしながら、目は硝子カップ。湯上がりの誘惑に勝てなかったらしい。

もしかして教師に似たのかな？　くすくす、と笑いつつ立ち上がり、氷冷庫を開ける。

「何が飲みたいんですか？」

「あ、えっと……ア、アレン先生と同じのがいいでしゅ……」

置いてあるカップを取り、牛乳を注ぐ。それを持って僕はソファの後ろへ。エリーを手招きする。

「？」

「座ってください。飲んでいる間に乾かしてあげます」

「!?」

大きく目を見開き、もじもじしている。嫌だったかな？

「嫌ならばしませんので」

「い、嫌じゃありませんっ」

そう言うと、エリーは早足でソファへ座り、そのまま振り返った。

「お、お願いします」

「そんなに緊張しなくて大丈夫ですよ。こうしてほしい、というのがあったら遠慮なく言ってくださいね。ブラシだけ貸していただけますか？」

「は、はひっ」

エリーからブラシを受け取り、お返しでカップを渡す。

両手で持ち美味しそうに飲んでいる姿を見ているとほんわかしてくる。

まずはきちんと拭かないとね。頭に巻き付けてあるタオルを取る。へぇ。

動きを止めていると、エリーが不思議そうに見てきた。

「アレン先生？」

「いえ、エリーは髪を下ろしても素敵だな、と思ったんですよ」

「あぅ……しょ、しょんな事、ないです……」

首筋が更に赤らんだメイドさんと会話しながら。優しくタオルを使い、拭いていく。うん、こんなものかな。

左手に魔法式を組み温風を発生させ、頭へ吹きかける。

「！　えっ？　こ、これって……温風機もないのに……」

「おっと、びっくりさせましたか？　失礼しました」

左手で魔法を発動しつつ、柔らかい髪を根元から乾かしていく。

エリーは余程気持ち良いらしく、目を軽く瞑って「はぅぅ」と声を漏らしつつ、今にも寝そうだ。カップを落としそうなのでそっと手から取り、前のテーブルへ。

懐かしいな。故郷にいた頃は、妹にもこうして――


「あああああああ！　な、何してるんですかぁっ!!」


手を止めず、視線だけをやると案の定そこにいたのはティナだった。

エリーと同じく誘惑に勝てなかったらしい。頭にタオルを雑に巻きつけ、袋を振り回している。こらこら、危ないから。

大股で近付いて来るとテーブルのカップを手に取り、一気飲み。

「ぷはぁ。美味しいです。で、先生、エリー、この状況は……寝ちゃってるんですか？」

「みたいですね。なので、お静かに」

ブラシを持っている右手の人差し指を唇にやりつつ、片目を瞑る。

頬を膨らませたティナはエリーの隣へ。

「……先生、次は私ですから」

「えー、どうしましょうかね」

「どうして、そこで悩む必要があるんですかっ。可愛い可愛い教え子の髪に好き放題触れられるんですよ？　すっごい幸運じゃないですかっ！」

「エリーが起きます。あと今の言い方は少し良くありませんね。めっ、です」

「む～。先生は、そうやって何時も、私だけに厳しいんですから……」

「そんなことはありませんよ。もう終わりますから、少し待っててくださいね」

温風から冷風に切り替え――その前に、幸せそうに寝ているメイドさんの涎をハンカチで拭う。髪全体に風を浴びせていくと、エリーが目を覚ました。

「ほぁ？」

「はい、おはようございます」

「っ！　ア、アレン先生、わ、私、その、あの……」

「エリー、涎垂らしてたわよ？」

「！　テ、ティナ御嬢様。え、あ、うぅぅ～」

「こーら、虐めないように。はい。完了です。どうですかね？」

指で自分の髪に触れたエリーは、ほんのり頬を赤らめ、その場で立ち上がり深々と頭を下げた。

「あ、ありがとうございましたっ！」

「いえいえ。寝顔のエリーも可愛かったですよ」

「あぅぅ。ア、アレン先生、お世辞は……」

「本心ですから」

「えぅ……あの、ありがとうございましゅ……」

「……先生、エリー。私を忘れていませんかぁ……？」

おっと、いけない。拗ねた公女殿下が冷気を発している。折角、温まったのに冷たくなるのはごめんだ。

「はいはい。お待たせしました」

「はい、は一回ですっ」

「……ティナ、その言い方は本気で止めましょうね。リディヤからもよく言われるので」

「先生は、自分の胸に手を置かれて一度、教え子に対する態度を考え直してくださいっ。……それと、女の子の髪を上手に乾かせるのは何故なんですか？　奇怪です。疑惑です。容疑ですっ。納得のいく説明を求めますっ」

「ああ、簡単ですよ。僕には妹がいまして。小さい頃はよく今のようにしていたんです」

「妹さん、ですか？」

「ええ。今は王立学校へ通っています」

「！　じ、じゃあ私達の先輩に……」

「あぅあぅ。い、今から、き、緊張しますぅ」

二人が話している間に、ティナのタオルを外し優しく拭いていく。こら、頭を動かさない。

この子は普段とそんなに印象は変わらないかな。本当に綺麗な髪だ。

「ティナ、ブラシを」

「エリーのでいいですー。普段も使わせてもらっているのでー」

「なら、遠慮なく」

ティナの髪に温風を当てつつ、優しく乾かしていく。すると——あっという間に規則正しい寝息が聞こえてきた。早いね。

苦笑しながら、起こさないようにゆっくり進めていくと、ようやく落ち着いたのだろう、エリーが、ちょこん、とティナの隣へ座った。

「アレン先生の妹様は本当に王立学校の学生さんなのですか？」

「そうですよ。この前、手紙が来ました。元気にしているようです」

「ア、アレン先生の妹様が私達の先輩に……」

「兄の贔屓目もありますが、いい子です。仲良くしてもらえると、僕は嬉しいですね。まずは受からないと、ですが」

「は、はひっ。が、頑張りましゅ……ます。あぅ」

「ふふ、エリーは本当に愛らしいですね」

「……せんせー、わたしはぁ」

薄く目を開け、寝ぼけ眼なティナが上目遣い。

——煌めく髪と、幼さが相まって凶悪な威力。照れ隠しに、乾いた髪を乱暴に撫で回す。

「!? な、何ですかっ！ どうしたんですかっ」

「何でもありません。さ、お仕舞です。エリー、ティナの髪を梳いてあげてください」

「は、はいっ」

「そ、そこは、最後まで先生がしてくださるところですっ。だいたい——そんな態度を取っていいんですか？」

「？」

訝し気にティナを見る。エリーにブラシをかけてもらっている少女の目には強い確信。

な、何だ？

「先生」

「は、はい」

「先生は、私達と一緒に王都へ行かれますよね？」

「そうですね。二人を王立学校合格に導くまでが、僕に課せられた仕事ですから。最後までお付き合いしますよ」

「……最後なのは嫌なんですけど、今はいいです。なら、リディヤ様はどうされるんですか？　御実家の方へ帰られているとうかがってますが、ここまで長期間、先生と離れ離れなのは聞いたことがありません。きっと、王都に帰って来られますよね？　私達のせいでもあるので申し訳なくて……何だか久しぶりにお会いしたいなって♪」

「うぐっ……」

つ、つまり、髪を乾かしたのも含め諸々をあいつに全部話すと？

そ、そんな事になったら……身体が軽く震える。本気で斬りかかってくる可能性大。自分だって何度もやらせているだろうに。

こめかみを押さえつつ溜め息を吐き、降参する。

「……分かりました。僕の負けです」

「ふっふっーん。言葉だけじゃ駄目です。行動がないと。はい、髪を梳いてください」

「分かりまし」

「――はい。ティナ御嬢様。終わりました」

エリーが素早く手を動かし、あっという間に髪を直す。おお、早業。

感心していると、ティナが不満気に珍しくお澄まし顔のメイドさんを詰問した。

「……エリー、どういう事なのかしら？　私は、先生にしてほしかったんだけど？」

「私はティナ御嬢様の専属メイドですから」

「貴女はしてもらったじゃないっ」

「アレン先生を困らせちゃ駄目だと思います」

「む～！　先生がいけないんですよっ！　エリーばっかり甘やかすからっ」

「そんな事はないと思いますよ。僕は、二人を甘やかしているつもりです。ただ」

「ただ？」

「ティナの百面相が見たくて、つい」

「～～っ！　先生の馬鹿。意地悪っ！　もう、知りませんからっ」

頬を更に膨らませたティナは立ち上がり、さっきと同じく大股で去っていく。少しだけからかい過ぎたかな。

「テ、ティナ御嬢様、待ってくださいぃ。ア、アレン先生、あのその」

「いいですよ。また明日、頑張りましょうね。ティナにもよろしく」

「は、はひっ」

エリーが慌てて後を追っていく。転ばないようにねー。

さ、僕も部屋に戻って——視線を感じる。見ると、廊下の角から薄蒼の髪が覗いていた。

近寄っていくと、ひそひそ声。

「(も、もうっ。ティナ御嬢様はどうして、アレン先生にあんな態度を取られるんですかっ。幾ら凄くお優しいからって……)」

「(だ、だって……エリーはいいわよね。最後までしてもらって。私はしてもらってないのに。ズルいわ。私だって、先生にもっともっと——)」

「僕に、もっと、どうしてほしいんですか？」

「「！」」

顔を出すと驚いたのか二人は手を取り合い、背を向けて一目散に逃げていった。

髪が、光を反射し、キラキラと光っている。今度は、違う髪型にしてあげようかな。また、強請られそうだけど。

そのまま見送っていると、途中でティナが振り返った。忘れ物——僕へ向け舌を出し、べー。再び、駆けだす。ふふ、まだまだ子供だなぁ。

うん。決めた。今晩は、この後、もう一人の子供――リディヤへ手紙を書こう。きっと、拗ねているだろうし。

ティナ達の家庭教師を終えた後、僕がどうするにせよ、一度は直接会っておきたい。王宮魔法士の真相を全部話すかは別としても、それが礼儀ってやつだろう。

――お給料も入ったし、今回は、グリフォン便でね。

＊

親愛なるリディヤへ

久方ぶりの手紙になります。

……怒ってるのは分かっているから言いわけをまずさせてほしい。

最初に報せた通り、僕は今、ハワード公爵家で家庭教師をしています。教え子は、公爵家次女のティナ嬢と、彼女付きのメイドであるエリー嬢。これもこの前書いたよね？

二人共、とても優秀で王立学校入学は間違いないと思う。

そう、『二人共』だよ。

ティナは魔法を使い始めて一ヶ月半経った。

嘘じゃない。この手の話は、間違いなく君の方が詳しい筈。

『ハワード家の次女は魔法を使えない』という話は、貴族の人達にとってどうやら常識だったようだし。

かなり、大変だったけれど何とかなったよ。今は、基礎的な制御方法を教えてる。

使えるようになったのは良かったんだけど……この子、君と同じ位魔力が強い。ちょっと強すぎるかもしれない。しかも、魔法式の構築が上手いんだ。

魔法を使えるようになったばかりの頃の君が出力全開、かつ超高速魔法を放ってくる
……悪夢だね。今年度の受験者の内、実技で彼女に当たった子は泣くしかないと思うな。

だけど、まだまだ未熟でハラハラするのは昔の君と一緒。剣術がない分、誰かさんを相手にするよりかは多少楽でも、やっぱりここまで魔力が強いとかなり問題だと思う。

そういう訳で――ここ最近はティナへ魔力の制御方法を教えるのと、エリーへの指導で忙殺されていて、君への便りを書いている暇がなかったんだ。ごめんなさい。

以上、言いわけでした。

本当にごめんよ。前回の手紙、悪気はなかったんだ。そこは信じてほしい。ただ、君と僕の関係を、お金で結びつけたくなくて……。

ああ、やめやめ。こんなの僕のがらじゃないよ。

後数日で、此方を出発します。次の手紙は王都からの予定。

向こうで会えるかな？　話したい事もあるから、出来れば会いたいな。

それと……君には伝えておくね。二人の試験結果が出たら、故郷へ帰るつもりでいるよ。

銀世界の家庭教師から、南方の御嬢様へ　　アレンより

＊

薄情者の誰かさんへ

事情は了解。……小切手の件は、私も勇み足だった。

だから別に怒ってないわ、ええ。

出会ってばかりの女の子達に対して、随分とお優しい事――なんて、まっったく、こ

れっぽっちも思ってないから気にしないで。貴方、私に対してそんな事してくれたかしら？

　悲しいわ……少なくとも、この数年間一緒にいた人が、まさか少女趣味だったなんて……ああ、いいのよ。だって、貴方は私よりその子達が大事だったんですものねぇぇぇ……。

　真面目な話――あの生まれてから一度も魔法を使えなかった子に魔法を使えるようにしたって言うの？　嘘でしょ？　何かの冗談？

　一体どんな手品を……まさかとは思うけど、結局、私と同じようにやったんじゃないわよね？

　幾ら貴方でも、それがどんな意味を持つかは分かっている筈よね？　この前、手紙でも書いたし、きっと別の方法だとは信じているけれど。

　もしも、そうなら……そうね……色々とじっくりとお話ししましょう？

　貴方が王宮魔法士の試験に落ちたという、それこそわけの分からない話も、貴方本人の口からじっくりと聞かないといけないし、ね……。

　王都で必ず、何があっても会いましょう。

故郷へ引き籠るなんて、誰の許可を得たの？　私は許したつもりも、許すつもりも、その可能性すらないのだけれど。

少女好き容疑者を詰問予定のリディヤより

追伸
妹が『私の家庭教師になってくだされば良かったのに……』って拗ねているわ。きちんと自力で慰めるように。……私がこの三ヶ月、みっちりと教えたうちの妹を差し置いて、貴方の教え子が首席になれると思ったら大間違いよ？　ふふん。私の方が凄いんだからねっ！

そっちを出る時、必ず手紙を出す事！　次は王都のリンスター家宛よ。間違えないでね。

第4章

「やぁぁ！」

声と共に、エリーが僕へ突っ込んでくる。

うん、いい踏み込みだ。流石、グラハムさんとシェリーさん直伝なだけはある。本格的な訓練開始こそ、最近だったのかもしれないけど、今までもそれを取り入れた事はしていたんだろうな。

思わず嬉しくなって頬が緩んでしまう——っと！　繰り出された手刀をいなし後退。

左足に違和感。地面が沈み込む感触。同時に足が凍結。

「引っかかりましたね！　今日こそ、私が勝ちますっ！」

「テ、ティナ御嬢様、私達、ですっ！」

仲がよろしくて大変結構。けど、戦闘中に余所見は減点かな。

二人がじゃれ合っている間に氷を温度調節で溶かし、脱出。

一気にエリーと距離を詰め、左手を取り——空中へ投げる。

「⁉」

「エリー！」

　ティナの大きな声を聞きながら、地面を蹴り、加速。同時に魔法を紡ぐ。

「ま、まだですっ！　まだ、負けませんからっ！」

　訓練用の杖を構えると僕の前方に、無数の氷弾が出現。襲い掛かってくる。

　――うん、予想通り。

　着弾前に炎魔法で迎撃し、同時に水魔法を発動。周囲一帯に人工的な霧を発生させて、視界を奪う。

「え？　こ、これ、何も見えない……」

「テ、ティナ御嬢様？」

　戸惑う声。まだ魔力探知よりも目で追う癖は抜けてないかな。これからの課題にしよう。

　僕の方からは、上空からふわり、と風魔法で着地したエリーと、氷壁を形成して取りあえず防御態勢に入ろうとしているティナの姿がはっきりと感知出来ている。

　――なので。

「冷たっ！」

「ひぅっ」

「はい。ティナとエリーの負けです」

二人の額に水滴を当て勝利を告げ、自分の手を軽く叩き、霧を一気に消す。

まるで姉妹のように、驚きの表情をした後、項垂れつつ僕の方へ近づいてきた。

「うぅ……今日も、負け……」

「あぅあぅ……また、負けてしまいました……」

「ティナの罠はいい考えでした。偽装もしっかり出来ていましたし、合格点ですね」

「と、当然です」

「エリーは、近接戦闘の踏み込みが日に日に鋭くなっています。また、着地をする時に、風魔法を操作しましたね？　静謐性の高さはお見事です」

「はぅ……あ、ありがとうございます……」

「ですが、二人共、戦闘中に余所見をしてはいけません。あと、目で追う癖が抜けていません。慣れないと魔力で追うのは難しいですが、必須技能ですので、頑張りましょう。あ、濡らしてしまいましたね」

上着のポケットからハンカチを取り出し、二人の額を拭く。動かないでください。拭きにくいですから。

「今度は痛くない風弾にしましょうか。そうすれば濡らさずに」

「絶対っ！」「駄目ですっ！」

「そ、そうですか。さて、ではもう一戦――の前に、どうやらお茶のようです」

屋内訓練場の周囲を囲んでいる外壁の向こう側に、シェリーさんと数名のメイドさん達が見えた。最近は、ああして頃合いを見つつ、お茶を入れにきてくれるので助かっている。

「う～まだ、私、元気です！　もう、そんなに日もないですし……」

「わ、私も、大丈夫ですっ！　ま、まだまだ、頑張れます」

「そうですね。でも今の内容を思い返しながら、少し休んでそれを落とし込むのも大事ですよ、さ、お茶が冷めます。ほら、見てください。シェリーさんの頭の上に大きな角が……」

「ぷっ！　せ、先生……シェリーに、そんな事言っちゃ……ぷふふ……」

「ア、アレン先生、お祖母ちゃんは、その、とっても耳が……」

「――アレン様。お話がございます。ティナ御嬢様、エリー、お茶が入っていますからね」

おっと。どうやら、呼び寄せてはいけない人を呼び寄せてしまったみたいだ。

すぐやってくる嵐に備えてシャツのボタンの一番上を外す。

　シェリーさんが近づいてくる。相変わらずとてもよいお歳だとは思えない程の圧迫感。

「……お手柔らかに願います」

「はい。全力で挑ませていただきます。この前が、私の本気だとは努々思われない事です」

「……出来れば、そうあってほしかったです」

「ハワード家にお仕えして、四十余年……このシェリー・ウォーカー、未だ、老いぼれてはおりません！　いざ、尋常に勝負！」

＊

　――カチャ、と音を立てて、カップを小皿の上へ置く。生き返った。やっぱり、運動の後は水分を摂らないとね。

　向こう側ではぐったりと、椅子に座られているシェリーさんをメイドさん達が介抱している。

「シ、シェリー様！　だ、大丈夫ですか!?」

「……大丈夫ですよ。掠り傷一つもありません。ただ……久しぶりに本気で動いて少し疲れただけです……それよりも、アレン様のお世話をなさい……」

「ああ！　メ、メイド長！　ち、ちょっと、担架はまだなのっ！」

いや、もうね……正直言って凄すぎた。出来る限り手加減はしたけれど。

あの動きといい、打撃の鋭さと重さといい、全盛期はとんでもない使い手だった筈。

おそらく僕が、日頃あの腐れ縁から散々、斬撃を受けていなかったら受けきれなかっただろう。グラハムさんもそうだけど、ウォーカー家、とんでもない。

えーっと……これは何でしょうか？　どうして、僕はメイドさん達に取り囲まれて？

「アレン様、汗をお拭きしますね」

「あ、ズル～い。私もした～い」

「お紅茶、入れなおしますね。お腹は減っていませんか？」

視線をシェリーさんに向ける。不敵な笑み。……なるほど。負けてもただでは済まさないということですか。

「ちょっと、貴女達っ！　先生は、私がお世話をするんですっ！　どきなさいっ！」

「そ、そうですっ！　アレン先生をお世話するのは……私、私なんですっ！」

案の定、今まで状況に追いつけず硬直していたティナとエリーが復活。

わざと過剰に対応したメイドさん達を押しのけ立ち塞がる。……思う壺だ。

「横暴かと思います」

「ですよ～エリーちゃんまで～」

「それだけ、独占したい、と？」

ニヤニヤ笑いながら煽る煽る。ハワード家のメイドさん達は、どうやら、思っていた以上に日々を楽しむ人達だったらしい。

本気で言っているわけではないのだろうけど、まだまだ子供な二人に、そんな事が分かる筈もなく、術中にはまっている。

「そ、そうですっ！　先生は、私の先生、なんですからっ！」

「テ、ティナ御嬢様だけのじゃありませんっ！　アレン先生は……私の、大事な、アレン先生なんです……」

「「へぇ～とっても大事なんですねぇ～。だけどぉ、証拠もないですし～？」」

「「うぅ～！」」

こういう搦め手対策も学ばせた方が――いや、駄目だな。そんな事をしたら、僕の心労が増えるだけだ。

この子達は出来る限り、清く、正しく、美しく。そして、まっすぐに成長していってもらいたい――。

「わ、私はこの前、先生のベッドで寝ましたっ！」

「テ、ティナ!?」

「わ、私だって、アレン先生のベッドで寝ましたっ！　翌朝、髪も梳いてもらいましたっ！」

「……エリー？　私、それ知らないんだけど？　先生？」

「ティナ御嬢様は涎を垂らして寝てましたっ」

「あは、あはは……」

睨んでくるティナを見て苦笑する。さて、続きをしないと。

「先生、まだ、お話は終わっていませんよ？　私にもしてください」

「そうですね。機会があれば」

「機会とは作るものです。今晩からずっとお願いします」

「ア、アレン先生……私も、その、あの……して、ほしいです……」

「分かりました」

「「！」」

「──けれど、条件付きです」

「条件、ですか？」

「そ、それって」

介抱を受けている、シェリーさんと視線が交差。

――ありがとうございました。この子達に、素晴らしいお手本をお見せいただきました。

「僕に、打撃でも魔法でもいいです、一撃当てられたら、髪を梳くのも、添い寝でもなんでもしてあげましょう。約束します。ああ、常識の範囲内でお願いしますね」

「……朝晩、髪を梳いてもらえる。その後は……」

「……そ、添い寝してもらう……えっとその……」

二人が自分達の世界に入り込んでしまった。最近、頻度が多くなってきているような……。

やる気を出してくれるのは大歓迎だけどさ。

「では、いいですね？　先程見たシェリーさんの動きや魔法の使い方も是非、参考にしてみてください」

「「はいっ！」」

＊

読んでいた文献を閉じる。これにも『氷鶴』の記述はなし。溜め息を吐きながら、カップを手に取る。心なしか冷たくなってしまった紅茶が苦い。

ここに来てから読んできた千冊近い文献で、僕が事前に知っていた情報以上の内容が書かれた物は結局一冊も発見出来ていない。

書庫にあった目ぼしい物はほぼ読み終え、最近は温室に設けられたティナの部屋にある本を当たっている。部屋へ運ぶのも面倒なので夜は一人籠る日々。

これといって目ぼしい発見はないものの……少し奇妙だ。

魔王戦争以後から直近までの文献に、大魔法の記述が少ない事は理解出来る。それらは良く言えば『伝説』。悪く言えば『御伽噺』。公式文献としては、記述にそこまで重きを置いていないのだろう。

だが、それより以前は違う。

少なくとも、今の時代よりも大魔法は『現実』にあった事として扱われていた筈。

なのに、ここまで探して新しい情報が皆無、というのはどういう事なのだろう？　これじゃまるで……誰かが意図的かつ徹底的に隠蔽をしたかのようだ。

せめて、旧王都にあったという大図書館が魔王戦争で消失せずに残っていれば……。

現段階で『氷鶴』について判明しているのは二つ。

それが氷属性を象徴していて、発動した時に翼を開いた鶴の形状をしていた事。

今から五百年以上前の大陸戦乱時代、その最終決戦において、炎属性大魔法『炎鱗』への対抗措置として用いられ、使い手同士が戦場で相対し、結果相打ちとなった、という伝説が語られる事。使い手の名前はどちらも伝わっていない。

――僅かこれだけだ。

他の大魔法についても似たり寄ったり。正直、手詰まりなのは否めない。

長い時を生きているエルフやドワーフ、巨人といった長命種の長老達ならば、何かを知っているかもしれないけれど、言葉自体が『禁忌』に当たるらしい。情報を引き出すのは困難だろう。

手元で唯一、未読で残っているのは例の日記帳。ただ、暗号が想像以上に強固であり、すぐには解けそうにはない。あの後、最初の頁を少しだけ解読してみたけれど……いきなり、愚痴ばかり。書き手は若い女性のようだ。

……本当に価値があるのかは、全部を読んでみない事には分からないだろう。これは、専門家である教授達に押し付――託したいところ。

ティナの魔法は、何の問題もなく発動しているし、あれ以来『何か』を感じた事もない。

だけど、『それ』は確実に存在している。制御方法は確立させておくに越した事はない。あの時は、ほんの僅かに漏れ出てああだったのだ。全てが顕現したら……。

そもそも制御出来る存在なのか、という疑問もあるのだけど……教え子の安全がかかってるしね。

次の本は——扉が開く音がした。

「先生、やっぱりいらしていたんですか。外から灯りが見えたので」

「おや、どうしたんですか？　こんな夜中に」

入ってきたのはアンコさんを抱えている寝間着姿のティナだった。最近はエリーではなく、彼女と一緒に寝ているのだ。

てくてく、とこちらに寄ってきたかと思うと、さも当然のように、椅子をくっつけ、ちょこん、と座った。アンコさんは机の上で丸くなる。

「眠れなくて。少しだけ緊張しているみたいです。植物達に力を貰おうかなって」

「そうですか。ああ、そんな薄着じゃ風邪をひいてしまいますよ」

椅子にかけておいたコートを羽織らせる。

ぶかぶか。くすぐったいのか身体をくねらせている姿が、まるで泳いでいるようだ。

「ありがとうございます。あの、先生」

「何でしょう」

「……明日、もし駄目だったら、私達は王都へ行けないんですか？」

「そうですね……もしかしたら結果次第では、そうなるのかもしれません。けれどそんな事にはならない、と僕は確信しています。万が一、駄目だと言われても必ず説得しますから、気負う必要はありません。ティナ達なら、大丈夫ですよ」

「本当に？」

「ええ」

「それは、私を――私達を信じてくださっている、と？」

「勿論です。だって、僕は君達の先生ですから。先生が生徒を信じなくてどうするんですか」

「……嬉しいです。とっても……」

僕の右肩に小さな頭が乗っかる。

何時もならちょっとからかうところだけど、今日は仕方ないかな。少しでも緊張が解けるなら僕の肩位は貸そう。

「――少し、話をしてもいいですか？」

「僕で良いのなら」

「先生がいいんです。先生じゃなきゃ嫌です」

「ありがとうございます。光栄です」

ティナは頭をあげると僕の目をじっと見た。少しだけ潤んでいる。

少しはにかみつつ、話し始めた。

「私の御母様の話です」

*

私の御母様は、幼い頃に亡くなった、というのは前にもお話ししたと思います。

御父様が言われるには、私が生まれた後、原因不明の病気にかかられたんだそうです。

それまでは、病気なんかした事もなくて、とてもお元気だったそうなんですが……。

だから、私が覚えている御母様は何時もベッドで分厚い本を読まれている姿です。脇机に、分厚い本を何冊も重ねられている――ふふ、今の先生みたいです。

私は、御母様に絵本やご本を読んでもらうのが大好きでよくおねだりしていたのを覚えています。とにかくお話ししたかったんですね。

その中でも、怖いけれど大好きだったのが、英雄達の――彼女達が使う大魔法のお話です。

帝国の女伯爵が操り東都を焼き尽くしたと伝わる『炎麟』。

王国の英雄である氷姫と共に戦場を凍てつかせた『氷鶴』。

英雄達亡き後の世界を使い手と巡り傷跡を癒した『嵐翠』。


御母様がしてくださったのはこの三つだけでしたけど……物心ついた時から、魔法を使えず……『ハワードの忌み子』と呼ばれて蔑まれてきた私が頑張ってこれたのは、この記憶があったからだと思います。

笑われてしまうかもしれないんですけど、私、大魔法は存在すると思うんです。

だから、王都へ、王立学校へ行きたい。御父様が反対されても、です。だってこれは私へ御母様が遺してくれた物語ですから。その存在を証明したいんです。

……この話をしたの、先生が初めてです。聞いてくださってありがとうございました。

＊

……なるほど。

「え、せ、先生？」

どうやら、ティナの御母様は僕の想像以上に凄い人だったようだ。

確か、公爵とは王立学校で知り合った、と聞いているけれど。出来れば、直接、お会いしてみたかった。

いったいどうやって、大魔法の話を収集したのだろう？

そして、どうしてそれを遺さなかったのだろう。王立図書館にもないような話なのに。

「せ、先生。その……」

あの日記帳がそうなのか？　……いや、違うだろう。年代が古過ぎて合致しない。

遺された文献に幾つか挟まれていた栞。その頁から推察するに、もしかしたら……ティナの御母様は、愛娘が魔法を使えない理由を理解していた？

「せ、先生っ！」

「？」

隣でティナが頬を紅潮させながら俯いている。何かに耐えているようだ。はて？

自分の右手位置を確認。

無意識に頭を撫でてしまっていたらしい。またしても癖が。手を離す。

「あ……」

「すいません。無意識に撫でてしまいました。びっくりさせてしまいましたね」

「び、びっくりはしましたけど……その、嫌じゃなくて……も、もっと……」

「？　大変興味深い話でした。ティナは、本当に御母様から愛されていたのですね」

「むー……分かりません。私は小さかったですし」

「おや？　ああ、気付いていなかったのですね。これを見てもらえますか？」

「？」

　机の脇にまとめておいた文献の一冊を取り、栞が挟んである頁を見せる。

　そこにあったのは、氷魔法の基本的な魔法式。その上には女性の字で丁寧なメモ書き。

「これは……もしかして。先生」

「僕はこの三ヶ月、それなりにここの本を読ませてもらいました」

「……あの量で『それなりに』、ですか？　普通の人の十年分とかだと思いますけど」

「お世辞を言われても、頭は撫でませんよ？」

「お世辞じゃないです。もうっ」

「読んだ本の中に、栞が挟み込まれているものがありました。頁に共通していたのは、『氷魔法』の基本的要素で、最終頁には同じ所有印が押されていました。惜しむらくは、僕が読むまで読まれた痕跡がなかった事です。おそらく、詳細を御本人が伝える前に……。この部屋に置いてある書籍も、書庫から持ち込まれた物だったのでは？」

「そうですけど。それって……」

「ティナの御母様を僕は直接知りません。けれど、御自身が亡くなられた後の子供達を気にされていたんだな、という事は分かります。この文献のように遺されていたメモ書きを読めばはっきりと。ふふ、実のところ君達に教えた氷魔法はこれらの本に書かれている事を僕なりに改良したものなんですよ？　つまり――」

ティナが抱き着いてくる。胸に温かい物が流れる感触。背中を優しくさする。

――暫くそうしていただろうか。ティナが顔を上げ僕を見た。

「先生。私、明日は必ず勝ちます。勝って、王都へ行って、王立学校に行きます」

「その意気です。ティナとエリーなら必ず出来ます。大丈夫です。僕が保証しますよ。もしも、不安になった時は」

「なった時は？」

「二人だけの秘密を思い出してください」

「――はい」

その後、部屋までティナを送っている最中にエリーと遭遇。躊躇なく魔法を展開しようとしたのを止め、宥めにかかった瞬間にティナが煽り、再度エリーが……を繰り返す事、数度。明日は最終試験なんだよ？

……おかしいなぁ。こういう風にならないよう教えてたつもりだったんだけど。やれやれ、物事は自分が思い描いていた通りにいかないものだ。まして、それが女の子相手なら。

＊

翌朝は、珍しく快晴だった。

ここ最近は、ずっと分厚い雲に覆われていて太陽の姿を見る事もなかったから嬉しい。やっぱり、僕は暖かい方が好きみたいだ。

日課である朝の訓練を終え身体を拭き、朝食を食べに向かう。

途中、ここ三ヶ月で顔見知りになり、親しくなったメイドさんや執事見習いの人達へ挨拶。この人達ともお別れが近付いてきているんだ、と思うと切なくなる。

でも……一部の人達が『未来の旦那様』と茶化してくるのは何なのだろう。

リンスター家のメイドさんにも似たような事を、向こうの実家へ強制的に拉致されて夏の間、滞在した時に言われたような。

基本的にあの人達は、僕等で遊ぶ事に何処か人生を懸けているところがあったけど、ハワード家の人達は比較的真面目だと思っていたんだけどなぁ。

食堂に到着。スープのいい香りがしている。料理は相変わらず素朴だけど、とてもとても美味しい。レシピは教えてもらったし、今度、自分でも作ってみよう。

入り口近くにいたグラハムさんが挨拶をしてくれる。

「アレン様、おはようございます」

「おはようございます。グラハムさん。ワルター様は」

「『……娘を奪おうとする『敵』とは終わるまで馴れ合わぬ』と」

「なるほど。そうですか。では、御伝言をお願い出来ますか？」

「はい、勿論でございます」

「『娘さんは必ずいただきます』と」

「分かりました。アレン様」

「何でしょう？」

「エリーはもらっていただけないのですか？」

思わずまじまじと目の前にいる執事長さんを見てしまう。藪から棒にいったい何を？

……つい最近まで奥様と一緒に、僕へ勝負を挑まれていましたよね。

「冗談でございます」

「あ、そ、そうですよね。ははは、流石、グラハムさん。一瞬、意味を考えてしまいました」

「――少なくともその前に私を倒していただかなければ」

「へっ？　そ、それはどういう意味」

扉が開く音と共に、今日も明るく元気な声。

「あー先生！　もうっ。先に行かないでくださいって言ってるじゃないですか！」

「アレン先生、おはようございます」

僕の質問を遮り、ティナとエリーが近付いてきた。

二人共スッキリした顔をしている。うん、この分なら問題ないだろう。

ティナは最初に見た濃い青のドレス姿。髪には純白のリボン。

エリーは何時も通りのメイド服。普段通りで挑むらしい。

「おはようございます。準備万端、といったところですね」

「「はい！」」

「よろしい。でも、その前にきちんと朝食を摂りましょうね」

「「は～い」」

席へつくと、両隣に二人が座る。ここ最近はずっとこんな形だ。

周囲にいるメイドさん達がニヤニヤと笑い、執事見習いと庭師の人達は、親の仇でも見るかのような視線を僕に叩きつけている。

……甘受しましょう。納得はしないけど。左袖を引っ張られた。

「アレン先生」

「何です――」

「美味しい、ですか？」

「……美味しいです」

「えへへ、良かったです。このスープ、今日は私が作ったんです。どうしても、アレン先生に、って」

「エリーは料理も上手なんですね。素晴らしいです」

「は、はい！　あ、ありがとうございましゅ……。だ、だから……あの、その、お傍に置いていただいてもご迷惑は……いっぱいかけちゃうと思うんですけど……でもでも」

もじもじとしながら僕を見てくるメイドさん。素直に可愛――痛っ。冷たっ。

周囲に氷華が舞い、右手をつねられた。暴力反対！

「先生、食事中です。……エリーも不謹慎よ。今日は勝負の日。私達に浮かれている余裕なんてあるのかしら？　私はないと思うわ」

「ご、ごめんなさい」

「分かればいいのよ。ところで先生」

「何でしょう」

「……先生は、やっぱりお料理出来ない女の子って駄目だと思いますか？」

「いえ、特段」

「ほ、本当ですかっ！」

「テ、ティナ御嬢様、食事中です！」

身を乗り出したティナを今度は逆にエリーが注意する。その目には焦りの色。

でも、公女殿下は止まらない。

「先生、それは本当の、本当ですか!?」

「嘘なんかつきませんよ。残念な事に、僕の周囲にいる数少ない女の子達の中で、料理を作れる子と言ったら……エリーくらいですね」

「！」

「うぐっ……そ、それはそれで、何となく複雑です……。やっぱり、私も料理を習った方がいいのかなぁ……」

「テ、ティナ御嬢様は、そのままでいいと思います！　えとえと、料理は、私の担当、ですから。裁縫とお掃除も！」

「……エリー、そうやって点数稼ぐ気なんでしょう？　何時から、そんなずる賢い子になったのかしら」

「お、お祖母ちゃんが『殿方はまず胃袋を掴めば大概圧勝だよ』って教えてくれました！」

「……シェリー酷い。みんなもどうして、私には料理を教えてくれないの？　私、もしかして嫌われてるの？　そうなの？」

僕達のやり取りを見守っていた周囲の人達の視線が泳ぐ。

グラハムさんも苦笑しながら首振り。……なるほど。

「──御嬢様！　何ですかはしたない。廊下にまで声が届いておりましたよ？　アレン様が隣におられるから、といって、ハワード家の御令嬢であるご自覚を」

丁度、シェリーさんが入ってきた。

この感じ……エリーが誰の孫なのかがよく分かる光景だ。

ティナが笑顔を浮かべ、立ち上がり声をかける。

「……シェリー」

「な、何でございましょう」

「……私にも料理を」

「申し訳ございません。仕事を丸々全て放り投げてきたのをうっかり忘れておりました。では、失礼いたします」

脱兎の勢いで逃げようとするハワード家メイド長。速い。年齢を超越し過ぎだと思う。

が――氷の蔦が瞬時に拘束。周囲からはどよめき。

「お見事でございます」

「御嬢様……よもやここまでの……」

グラハムさんが賛嘆を口にし、シェリーさんも感極まった、表情。

「エリー、その魔法は発動しなくて良さそうだよ」

「は、はいっ」

用意していた風魔法が中断される。いい子だ。

多分、今の魔法に気付いていたのは僕とグラハムさん位だろう。訓練の時もそうだったけれど、この子の魔法は発動まで極めて静か。成長すれば事前の段階で、誰にも気付かれる事なく放つ事すら出来るようになるだろう。

スタイルが僕と似ているところがあるのでちょっと嬉しい。

そんな風に思っている僕の横でティナは依然として脅迫——こほん。要求中。

「……さ、シェリー、私へ料理を教える、と約束して」

「そ、それは……それだけは……幾ら御嬢様からのお願いであっても…き、聞けませぬっ！」

「……へぇ、そう」

「！　お、御嬢様、そ、そんな規模の魔法をこんな場所で展開するのはっ⁉」

珍しくシェリーさんが本気で焦る声を出す。

周囲のメイドさん達は各々、防御魔法を準備しながらその場を離れようとしない。

……貴女方、この状況を楽しんでいません？

あ、逃げ遅れた執事見習いが盾にされようとしている。もしかしたら、そこから恋が始まる……ない？　そうですか。男女の力関係が見えるようで、少し嫌ですね。

指を鳴らす——ティナが構築していた上級魔法を崩し、氷の蔦が消失。

シェリーさんは全力で逃走。いや、やっぱり年齢を偽ってるんじゃ……。

あ、この野菜スープ美味しいな。隣からティナのジト目。

「……先生、どうして邪魔されるんですか？　これで、私がお嫁さんになれなかったら、責任をとってくださいますか？」

「さらっと、重たい話をしないでください。はい、あーん」

「え？　あ、あーん」

「あ、あああ！」

ティナの口にスプーンを運ぶ。雛鳥に餌をやる親鳥の心境がよく分かる。

隣の席では、メイドさんが立ち上がり声にならない悲鳴。

「美味しいですか？」

「……美味しいです。同時に悔しいです。私には、こんなスープ作れませんから」

「それは、ティナが今まで料理に時間を使ってこなかったからです。だけど」

拗ねている少女に微笑みかける。

エリー、おろおろしなくても大丈夫だよ。

「――これから、出来るようになればいいじゃないですか。魔法みたいに」

「魔法みたい、にですか」

「そうですよ」

「……てへ。ちょっと、シェリーに意地悪しちゃいました。生徒は先生に似るらしいので、これは先生のせいです。やっぱり責任、取ってもらっても良いですか？」

「はい、エリー。あーん」

「え？　あ、う、ふぇ……あ、あーん」

状況に戸惑っているメイドさんにも食べさせる。うん、やっぱりいい子。

——後方から冷気。

「……そうやって、先生は何時も何時も何時も。もうっ！　もうったら、もうっ！」

「ティナとエリーの反応が面白——可愛いのでつい。許してください。二人とも、何の問題もないようですね」

「そ、そうやって、可愛い、と言えば機嫌が直ると思ったら……直りますけど。問題ないです。昨日、いっぱい話して元気になりましたし！」

「か、かわ、可愛い……私が可愛い……」

「エリー、戻っておいで」

「は、はいっ！　だ、大丈夫です。朝の内に、ティナ御嬢様と一通り確認しておきました」

「良く出来ました。偉い偉い」

「はぅ」

「……先生、そうやってエリーだけ、あぅ」

エリーの頭を撫でながらティナも撫でつつリボンへ触れ、なぞる。

問題は何もないと思う。

今のこの子達で不足、と言うならば……行かせる気がそもそもないのだ。

だけど——僕が勝たせてみせよう。

使わなくていいに越した事はないけれど『物事は準備こそ大事だ』と僕は父から教わった。故にこれは——。

「先生」

「アレン先生」

目の前に、少しだけ不安そうな二人の顔。

にっこりと微笑む。

「大丈夫ですよ。今日は絶対に勝てますから」

＊

朝食を終え、二人を連れて最終試験へ。

『緊張緩和の緊急措置です！』

『そ、そうですっ』

という強い主張により、さっきから僕の両腕に抱き着いているティナとエリー。

多少でも、緩和になるなら今日は何も言わない。アンコさん。肩ではなく、どうして頭に？　見やすい？　なら、仕方ないですね。

三人と一匹で、本邸、離れを抜けた先にある屋内訓練場へ向かう。

質実剛健を旨とするハワード家だけあって、やっぱり外観は単純。けれど、柱の太さといい、周囲を囲っている外壁の厚さといい……訓練内容の厳しさを物語る。

円形の建物へ入っていくと、待っていたのは布に包まれた何かを持っているシェリーさん。そして、大勢のメイドさん達。

既に訓練場の中央には入り口に背を向けた大柄な男性が腕を組んで立っていた。その髪は、ティナと同じ薄い蒼色だ。向こう側にグラハムさんと、見習い執事達と庭師が集まっている。

……なるほど、屋敷内における賛成派と反対派の色分けだと。グラハムさんは、きっと忠義に従ったのだろう。両手で布に包まれた何かを持ったシェリーさんが僕を引き留める。

「アレン様はこちらへ。手出し無用、とのことです。ティナ御嬢様、エリー」

「「はい！」」

二人に頷き、手を離す。ああ、そうだ。大事な事を忘れていた。

「シェリーさん、ティナへ訓練用の杖を渡してもらえますか？」

「必要ございません。ティナ御嬢様にはこちらを」

そう言うと持っていた布を取り、美しい蒼の宝玉が付いている杖を手渡した。

杖自体からも強い魔力を感じるけれど、ティナのそれに似ている。

「シェリー、こ、これって……」

「奥様の――ローザ様の杖でございます。ティナ御嬢様が魔法を学ばれた際に渡してほしい、と託されておりました。今日まで渡せず……お許しくださいませ」

「御母様の！　ありがと。もう、怖い物なんかないわ！」

ティナの目に戦意が宿る。渡したシェリーさんは嗚咽。この人も今まで本当に辛かったのだろう。

涙を流す祖母の手をそっと握るエリー。ああ、良いなぁ。

「よし！　行くわよ、エリー！　先生、見ててくださいね？」

「はい！　ティナ御嬢様！　アレン先生に教えていただいた、全部をぶつけますっ」

「二人共、頑張って！」

「「はいっ！」」

二人は歩を進め、内壁の中に入っていった。ローザさんは、やっぱりずっと遺される娘さんが心配だったんだな。

あれ？　だったら、エリーの御両親はどうだったんだろう。

外側に設けられている観覧用の椅子に座りつつ考えていると、シェリーさんが隣に座られた。

「……どうして、エリーには何も渡さないのか、とお思いでございましょう」

「はい、正直に言えば」

「………あの子達が何も遺さなかったからでございます。何も。ただ、エリーだけを遺してくれた」

「どういう意味ですか？」

「――始まります」

訓練場の中央には、背を向けている大柄な男性と二人が相対。

中央にいる審判役のグラハムさんが、手で指し示した。

「ティナ御嬢様、エリー。こちらの御方が今日、お相手をしてくださいます。仔細ありまして、御顔と声を明かす事も出来ませぬが……旦那様に勝るとも劣らぬ勇士であられます」

ティナが声を張り上げる。

「こちらを向いてください。このままでは何時まで経っても始まりません」

「――お前たちを今から試そう。もし、私を納得させる事が出来なければ、ハワード公爵は、王立学校受験を許さない。全力で、全身全霊を懸けて挑んでくるがいい!!」

男が振り向いた。その顔は銀の仮面で覆われている。確かに声は魔法で変化させているけれど、体格といい、この魔力といい。

なるほど。『条件がある』と仰られてはいましたが。

ティナも気付いたようだ。

「貴方は……分かりました！　必ず認めさせてみせます。手加減しません！」

「が、頑張りますっ！」

「線までお下がりください」

グラハムさんの指示で、お互い訓練場の地面に引かれている白線まで一旦、下がる。

「――では、始めっ!!」

――片腕がさっと、上がった！　いよいよ、大一番だ!!

*

陣形は、エリーが前衛でティナは後衛。身構える二人に対して、銀仮面は微動だにせず、腕組みをしたまま、立っている。

『――まずは、示してみせよ』

そう言っているのだろう。……でも、それは悪手だと思いますよ？

エリーが一気に加速、挑みかかり挨拶代わりの手刀。

「ほぉ……中々のものだ。しかし、遅い！」

あっさりと、最小限の動きで全て躱される。銀仮面は前衛――しかも、体術に相当な自信を持っているようだ。

……だからこそ、はめやすい。

銀仮面がエリーの右手首を摑まえて、空中に放り投げる。

「空中では身動きが取れまい。耐えて――っ！」

氷魔法を展開しようとしていた矢先、両足が、ずぶり、と沈み込む。同時に凍結。動きを拘束する。

「水と土、それにこ、氷だと⁉　い、何時の間に」

「余所見している暇はないと思います」

「！」

前方のティナは、自分の周囲に無数の氷弾を一斉展開、解き放つ！

あの杖、おそらく氷魔法使い用に作製されている――練習時にあれ程の数はまだ制御出来なかった。

仮面の下は驚愕に歪んでいるとは思うが……同時に喜んでもいるだろう。何せ二ヶ月前まで、魔法を使えなかった愛娘が、並の魔法士を遥かに超える技量を見せているのだから。

次々と着弾する氷弾で視界が白く曇る。周囲からは大きな歓声。皆、二人がここまで成長しているとは思わなかったようだ。

「アレン様」

隣に座るシェリーさんが、視線は訓練場に向けたまま、話しかけてきた。その声色は、今まで聞いた事がない。

「――視線はそのままでお聞きください。エリーの両親と、ローザ様の話でございます」

やっぱりか。僕も聞かなければならない事がある。

エリーとティナは陣形を取りつつ、魔法を油断なく紡いでいる。幾ら何でも、これくらいじゃ終わらないだろう。

「ある程度はエリーからも聞いているかとは思います。ですが、この話はまだあの子にもティナ御嬢様にもした事がございません」

「……何故、僕に？」

白い視界を切り裂き、銀仮面が出現。当然のように無傷。全弾、叩き落としたらしい。

対してティナが氷の蔦で迎撃。足止めを図るものの──

「効かぬわっ！」

次々と蔦を引き千切ってくる。分かりやすい近接特化型。

──と、なると次は。

エリーが、魔法を紡ぎ続けているティナを抱きかかえ退避。

「逃げてばかりでは意味がないぞっ！」

更に追う銀仮面。だが、突如として緊急停止。

「むぅ。視界封じのトラップだな。……魔法。よもや、このようなものまで」

惜しい。後一歩踏み込んでいれば、俄然有利だったろうに……と、おそらく、考えていますよね？　後方から、突風に押される形で踏み込んでしまう。闇が身体に纏わりつき、動きを阻害しつつ銀仮面の視界を奪っていく。

「!?　ぐぬぅぅぅ!!　な、何故だ。何故、魔法を感知出来なかった！」

そう、エリーの才はそこにある。魔力量も僕より遥か上。この子は強くなりますよ。

「……あの子の両親も似たような才を持っておりました。とてもとても魔法を静かにそして速く扱えた。そして、あの子と同じように、何事にも一生懸命だった」

シェリーさんの独白。目には深い悲しみ。

「けれど……その性格こそが二人の命を奪ってしまった。あの子達はエリーを私達に預ける為に、一度、王都を脱出したのでございますよ。そして、再び戻っていき……帰ってこなかった。必ず帰って来るつもりだったから、何も遺していかなかったのです。遺体も、当時は全て焼却されてしまい灰すらも残りませんでした。『医師としての使命』。聞こえは良いですが、私とグラハムからすれば、そんなものはどうでも良いから、逃げてほしかった。娘と実の息子同然に思っていた者に先立たれるのは大変辛い体験でございました……ローザ様が亡くなられたのはその少し後の事です」

罠にはまった銀仮面に対して、エリーは炎の竜巻を複数形成。前進させ押し潰しにかかる。

「……見事なり。炎・水・風・土・闇、そして氷をも使いこなすか。あの娘がここまで」

竜巻の中に消えていく直前、口元がそう呟いていた。

——勝負はこれからかな。

「アレン様。ローザ様について、何処までご存じでございますか？」

「基本的な事だけです。ただ、何点か気になっている事はあります」

「――大魔法、でございますか？」

「⁉　どうしてそれを？」

思わず、シェリーさんの方に視線をやってしまう。

訓練場から轟音。慌てて見ると、銀仮面の前方に巨大な氷塊が出現。周囲を凍らせていく。

「やはり……。貴方様と奥様は、雰囲気が何処となく似ております。あの御方も、大魔法を独自に調べておいででした。その調査が、どれ程まで進んでいたかは、私などには分かりませんが……」

「何故調べていたかは？」

「聞いても笑ってはぐらかされるばかりで。『強いて言えば、この子の為ね』と」

「………今は、試合に集中しましょう。様子見は終わりのようですしね」

様々な考えが脳裏をよぎる。

――つまり、ティナが、何かしらの形で大魔法と関わる事を、いち早く予期していたのか？　どうしてだ？

「その力量、中々のものだ！　しかし、これを受けきれるか！」

銀仮面が大氷柱を二本同時に展開。あの規模、間違いなく上級魔法か。

あれを真正面から受け止めるのは、あの子達には少し厳しい。数年後だったら、何の心配もいらないのだけれど。

エリーは僕が教えた通りティナの前に立ち、十数個の炎の中級魔法を紡いでいる。

彼女がまだ十四歳で、学生ですらない、と聞いたら現王立学校生や、王立大学生の多くが感嘆の声を発するだろう。普通は二、三個の同時構築ですら、称賛されるのだから。

しかし……如何せん魔法の差がかなり苦しい。

この三ヶ月、彼女には中級魔法までを徹底的に反復させた。苦手としている『雷』と『光』属性以外は、十分実戦に耐え得る水準に達したと思う。

が、同時にそれは、大威力であり『切り札』となる上級魔法を放棄する事でもあった。

この点はティナも同様だ。あの子の場合、まずは制御を優先しないといけなかったから。

王立学校に受かる為ならば、十二分なんだけど……ちらり、と二人が僕を見た。笑顔。

――そっか。そうだよね。僕が信じなくてどうするんだ。

「ティナ！　エリー！　頑張れっ！」

指示を出すのは禁止されているからもどかしい。でも、応援は禁止されていないしね。

僕の声を聞いたエリーは紡いでいる魔法の数を一気に倍加させた。

そして、次々と放ち始める。既存魔法では考えられない、まさに速射だ。

「無駄だ！　氷属性上級魔法『双大氷柱』。見事、受けきってみせよっ‼」

銀仮面が叫び、魔法が発動。二人へ向かって巨大な二本の氷柱が飛翔。阻止すべく次々とエリーの炎魔法が炸裂するが……止めきれないか。

その時だった。杖を振ったティナの唇が囁いた。


「――『双大氷柱』」


迫りくる魔法の真下から、少し小さい二本の氷柱が出現。

本来ありえない方向から迎撃を受けた魔法は、相殺。粉々に砕け、訓練場全体に氷の破片が飛び散る。周囲からはどよめきと悲鳴。

メイドさん達に当たりそうな危ない氷片は消しておこう。炎魔法で迎撃。

あれは僕が教えた魔法じゃない――そうか、ティナも読書家だったね。『地中から氷魔法を発動させる』っていう、本に書かれていた方法を採用してくれたみたいで嬉しい。

更にティナの杖が振られ、宝珠が美しい光を放つ。

「『閃迅氷槍』」

銀仮面を囲むように、無数の氷槍が出現。逃げ道を塞ぎ、一気に襲い掛かる。

「！　先程の上級魔法といい攻撃魔法をあのように発動させる事が出来るとは⁉」

シェリーさんの口から驚愕の声が漏れる。この人程であっても驚くのだから、相対しているあの御方はもっとだろう。いや、銀仮面の下で笑っているかな？

既存魔法において攻撃魔法は前方展開・発動が基本だ。その為、全方位からの攻撃、という概念自体が乏しい。

エリーがさっき使ったように、水・土魔法で足止めを図りつつそれを凍結させる、という別属性魔法の併用も、実戦慣れしている人じゃない限り見かけないのだ。

これは、今の魔法が誰にでも使えるけれど、そこからの応用や発展に乏しくなってしまっている弊害なんだと思う。魔法式を自分で改良する人もほとんどいないし。

例えば『前方に放たれる炎の矢』という魔法は、確かに魔法式を覚えて、かつ魔力があるならば理論上誰でも使えるけれど……言ってしまえばそれだけ。威力の大小こそあれ、分かっている以上、対処は出来る。

その点、二人には、最初こそ既存魔法で慣れてもらったものの、そこから先は僕が式を書き換えた『白紙』部分が多い魔法を覚えてもらった。

結果――。

「ぬぉぉぉぉぉ！」

全方位から迫りくる超高速の氷槍を拳で砕きながらも少しずつ後退していく銀仮面。とんでもない体術だ。両拳に纏わせているのは蒼の魔力？　魔法を素手で迎撃するなんて！

――なるほど、あれが様々な文献に出て来るハワード家秘伝の『蒼拳』か。

リンスター家の『紅剣』と理論は同じように見える。

四大公爵家に伝わる秘伝の根っこは、同じなのかもしれない。

秘伝の技は門外不出らしいし、見た事がある人も極少数。そう考えると、僕は幸運なのだろう。四つの内二つを見聞する機会を与えられているのだから。まぁ、偶々なんだろうけど。

いやでもこれ、形は模倣出来ちゃうな。許可が出るなら是非エリーに教えてみたい。

ティナは見ての通り典型的な後衛だから、基本的な護身術以外の前衛向け技術は邪魔になるだけかもしれない。でも、好奇心旺盛な子だから……って、僕は何を考えているんだ！

この子達の家庭教師を務めるのは王立学校入学が決まるまで。そういう契約。

そこから先は何も決まっていないし、僕から延長するつもりもない。

『……あんたは、無駄に優し過ぎるのよ。何でもかんでも自分の手で救えると思っているのなら、傲慢よ。だから、目の前の人だけにしときなさい』

……うん。分かってる。分かってるよ。この子達はいい子達だ。とてもとてもいい子達だ。

僕がいなくても真っ直ぐに育っていけるよね。

遂に、壁際へ追い込まれた銀仮面。ティナは依然として発動を継続中。

エリーもまた逃げ道を塞ぐかのように中級魔法を紡いでいる。

……あれは、わざと見えるようにしてるな。本命は別――おお、拳が紅く。『紅拳』と呼べばいいのかな？　僕が試そうとしていた事を既にやろうとしているなんて。

いや……凄いな。僕なんかあっという間に追い抜かれてしまうかもしれない。

ティナが杖を突きつける。

「――もう、勝負はつきました！　認めてくださいますね？　私達の王立学校受験を」

「えっと、えっと……これ以上の抵抗は、む、無意味ですっ！　速やかに無条件降伏してくださいっ！」

……後でエリーにお説教しないと。

元気な御嬢様の影響なのかなぁ。変な言葉を覚えたみたいだ。

銀仮面が何かを呟いている。

「その杖、見覚えが……そうか、シェリーがまだ持ってくれていたのか……。ならば、我も全力で応えん！　それこそが、その杖の持ち主の願い！」

がちん、と激しく両拳を合わせ強大な魔力を練り上げていく。魔法式を二人に見せる為だろう。隠しもせず露骨に見せている。

エリーが距離を詰めようと、片足を踏み出したが――ティナが目配せして止める。全力をわざわざ受ける気なのだ、あの二人は。まったく誰に似たのやら。

シェリーさんが切迫感のある声でメイド達へ叫び、僕もグラハムさんへ注意喚起。

「いけませんっ！　皆、退避なさい！　あの魔法は洒落になりません‼」

「グラハムさん！　そこでは巻き込まれます」

「ですが……決着はまだ」

「大丈夫です。シェリーさん、アンコさんをよろしく。よっと」

「アレン様⁉」

頭の上にいたアンコさんをシェリーさんに預け訓練場に降りる。戸惑われている執事長さんへ近づき、小声で会話。

「(審判、代わりますよ。ここまで見て、嫌だとは言われないでしょう？　ああやってわざと、倒されようとされてるんですから。加減は御下手なようですけど)」

「(……大変危険でございますよ？)」

「(幸か不幸か慣れてます)」

──冷たい一陣の雪風が吹き抜けた。

耳に聞こえない、けれど確かに感じる獣の咆哮と強大な魔力の波動。

「……愚かな娘達だ。相手が隙を見せた時は畳みかけろ、と師から教わらなかったのか？」

銀仮面が淡々と呟いた。訓練場全体が白く白く染まってゆく。

その隣では──ティナとエリーが慄いている。

「っく！　こ、これが……で、でも！　私は、私達は負けない!!　勝って、王立学校に行くんですっ！　あと──先生を馬鹿にしないでくださいっ!!」

「あうあう……こ、こんなのどうやって止めれば……でもでもでも！　ティナ御嬢様と私は負けませんっ。だって、アレン先生の生徒ですからっ！」

――純白の雪を纏いし、巨大な氷の狼が顕現していた。


これこそがハワード公爵家が誇る極致魔法『氷雪狼』。

白き狼が駆け抜けた後には、ただただ、氷と雪の世界が広がるのみ。

まだ、手綱を持たれているというのに、この威圧感。相変わらず極致魔法は凄まじい。

再度、促す。

「(お早く。外で教授が送ってきた軍用耐氷結界をありったけ張ってください。いざとなったら二人を抱えて逃げますよ。ご安心を)」

「(……申し訳ございません。よろしくお願いいたします)」

グラハムさんが内壁を乗り越えていく。「グラハム！　どうして……」「……アレン様に全てお預けする」「そう……分かったわ……これも、ローザ様の――」

シェリーさんとグラハムさんを最後に、皆の退避は終わった。僕の登場に驚いている二人へ片目を瞑って『ここまでよく頑張ったね』と伝える。

――僕はこの御方に聞きたいことがあるんだ。

「最後の勝負前に、一点だけ教えてくださいませんか？」

「……何をだ」

「どうして、そこまで二人を王立学校に、ワルター様は行かせたくないのでしょう？　これ以上、実力をつけろと？」

「………そんな事は思っていないだろうな、彼も」

「では何故(なぜ)です？」

「……言えぬ。話は勝負の後だ！」

『氷雪狼(ひせつろう)』が再度、耳に聞こえない咆哮――来る！

「ティナ、エリー」

「大丈夫です。先生は見ててください！」

「ま、負けませんっ！」

二人からは頼(たの)もしい応え。なら、僕は見届けるよ。三人から離(はな)れる。


「――ゆくぞ」

銀仮面が手綱を解き放った！

直後、ティナとエリーの魔法も『氷雪狼』へ殺到。

……が。その悉く、炎までもが凍結していく。

「一度走り始めれば止まらぬ。まして、普通の魔法ではな」

「な、ならっ！」

ティナが、杖の石突で地面に触れ、『双大氷柱』を次々と発動させる。

狙い違わず『氷雪狼』を捉え――全てが消失。

「『氷』属性魔法に対しては完全耐性だ。対抗するのであれば、同じ極致魔法を繰り出してみるのだな」

歯ぎしりするティナ。対してエリーは、魔法本体を直接叩くべく走りだした。紅く染まった拳を狼へ突き出し――次の瞬間、後方へ退避。拳の魔力が消失している。

「正解だ。『氷雪狼』は、周囲一帯を氷の地獄へと変える。安易に踏み込めば――死ぬぞ」

「な、あ、うぅ……」

二人の顔に焦りが浮かぶ。この間も様々な魔法を後退しながら試していくものの、通じる魔法が見つからない。さぁ、どうする？　切迫した叫び声。

「先生！　危ないっ！」「アレン先生！　危ないですっ！　逃げてくださいっ」

狼が二人を無視し、僕へ向けて突進してくる。目標を変更した？

どうしてだろう。極致魔法とは言っても、魔法は魔法なのだ。術者が意思を持って狙わない限りは。まして今回の使い手は熟達者。誤射はあり得ないんだけど。

「駄目っ!!」「駄目ですっ!!」

再度、二人の悲鳴。

おっといけない。これ以上は心配させてしまう。

「ありがとう――でも大丈夫ですよ。僕は慣れていますからね」

狼の牙に貫かれる寸前に、付加効果の凍結も相殺しつつ二人がいる場所まで退避。

同時に、普通は凍らない闇の槍で狼の足を縫い留める。

……あれ？　そんなに効かない筈なんだけど。この感じ。

銀仮面に視線を向けると、ほんの微かに頷く。

呆気に取られている二人を呼ぶ。

「ティナ、エリー」

「「は、はいっ！」」

「ここまで、本当によく頑張りました。けれど、極致魔法は通常魔法じゃ止められません」

「う、嘘つきです。だって、止めてるじゃないですか⁉」

「ア、アレン先生、凄いです！」

「……そういう事にしておきましょうか。ですが、どうせなら向こうをあっと言わせて、勝ちましょう。ティナ」

「はい！」

「『氷雪狼』の発動式は見えましたね？」

「見えましたけど……」

「なら、この際です、ぶっつけ本番ですがやってみましょう。エリー」

「は、はひっ！」

「ティナを助けてあげてください。制御については君の方が上です」

「！　わ、分かりました」

「む……」

「当然、全てはティナの記憶力次第です」

「わ、分かってます。……意地悪、馬鹿」

そう言いながら、ティナが『氷雪狼』の発動式を空間に大きく展開していく。

普通だったら相手に干渉されてしまう危険性が高まるから、滅多にやれない行為だ。でも今は、それどころじゃない。二人は必死に式を描いていく。

「えっと、確か‥」

「ティナ御嬢様、こ、ここ、短縮出来ます。ほら」

「あ、そうね」

うんうん、麗しき共同作業——だけど。

「——遅いな。もう終わりにしよう」

『氷雪狼』を縛っていた闇の槍が砕け散る。凍る、という概念から遠い闇魔法ですら極致魔法の前では無意味。

こういうとこも魔法の不思議な点だと思う。いったい何が凍ったんだろう？

ほぼ同時に弾んだ声。

「大丈夫です！」「な、何とかなりました！」

二人が合作した『氷雪狼』の魔法式が発動。

迫りくる相手と衝突し、周囲一帯を更に白く染めあげてゆく。が——

「お、押されてる？　な、何で!?」

「あぅあぅあぅ」

少しずつティナ達の魔法が圧倒されてゆく。

初めて、しかも一度見ただけの極致魔法をこの土壇場で使って見せるとは。まるで、僕がよく知っている我が儘な御嬢さんみたいだ。とんでもない。

だけど、魔法式に漏れもあるし粗い。ここまでか。

怪我はさせたくないし――前へ出ようとすると、二人に手を握られた。

「先生まだです。まだ、終わってません！　まだ、やれます!!」

「アレン先生、手を握っていてもらっていいですか？　そうしたら、きっと、頑張れると思うんですっ」

「ですが」

強い視線。……仕方ない。だって、僕はこの子達の先生だから。

ぎゅっ、と二人の手を握る。大丈夫ですよ。頑張って！

もう一度、魔法が構築されていく。先程より格段に速いし精緻だ。

一頭目の『氷雪狼』が敗れ、単なる氷雪に還っていく。ほぼ同時に二頭目が顕現。

――訓練場の中央で再激突。既に周囲の内壁は凍り付き、砕け散っているものすら出始めている。極致魔法同士の激突とは、かくも凄まじいものなのだ。

先程とは異なりすぐ圧倒される事はないものの、依然として劣勢。複数同時展開が出来れば勝てなくはないだろうけど……二人は制御と維持だけで精一杯のようだ。

「ぐっ……」

「うぅ……」

「どうした！　その程度なのか、お前達の力は！　……拙いながらも極致魔法を発動させた事は褒めよう。見事だ！　しかし、その程度では私には勝てぬ！　諦めよっ！」

……仮面の下は狂喜乱舞しているだろうなぁ。

王国において、四大公爵家は歴史的背景からずっと特別扱いを受けてきたけれど、それは『極致魔法』という武力を保持し続けている事もまた大きく大きく影響している。だけど、どの家も少しずつ人が魔法を弱めている昨今において、継承にはかなり苦労をしている筈だ。

リンスター家みたいに、一族内で大なり小なり使える人がいる、なんていう方が稀。ハワード家のように当主は使えるけれど他は、というのが実情なんだろうと思う。

――少しずつ、でも確実に二人の魔法が押されていく。このままじゃ押し切られる。念の為、助けに入る準備は継続中。この三ヶ月で散々『氷』に対する魔法は学んだし、創りもしたから、初見でも何とかなるだろう。

……惜しい。惜しいな。ここまで来たのなら勝たせてやりたいけど。

でも、この差は覆せない。もう半年、いや、三ヶ月あればもう少し良い勝負をさせてあ

げられたかもしれない。僕の力不足だ。

「先生！　そんな御顔しないでくださいっ！　『切り札は持っておくもの』でしょう？」

ティナが繋いでいた手を離し、自分の髪から純白のリボンを取った。杖へと勢いよく巻き付ける。

すると――光り輝きながら、杖が鼓動を始めた。先程、お守り代わりに仕込んだ僕の魔法制御式が展開していく。

「なっ⁉　テ、ティナ、知っていたんですか？」

「うわぁ……綺麗です……」

驚く僕と感嘆の声をあげるエリー。もう一度、手を握って来たティナは僕の耳元で囁く。

「（御母様が話してくださったんです。そう決め台詞を言って、本気の本気を出す時にリボンを杖に巻き付ける、氷姫のお話を。ダメ元でしたけど……上手くいきそうです）」

「！」

そ、それは……もしかして、『氷鶴』を操ったという例の？

一気にティナ達が操っている『氷雪狼』の勢いが増し、劣勢を覆していく。同時に、何とか持ちこたえていた周囲の内壁が軒並み、氷雪と化し、通路、外壁も凍結が始まっている。まずい。このままじゃ建物そのものがもたない。

「うぉぉぉぉぉぉ!!」

銀仮面が叫び、魔力が注ぎ込まれる。決着をつける気のようだ。

二人の手が、更に強く強く僕の手を握り締め、必死に制御、魔法を維持する。

一度は盛り返したものの、じりじりと後退していく。

……潮時か、と思った刹那。『声』が聞こえた。


『ツカエ。ワレノチカラヲ。鍵ハナンジノテニアリ』


あの時の声だ。ティナが驚いた表情をしている。どうやら今回は聞こえたらしい。

「せ、先生、今のって……」

「僕にも分かりません。が……使え、と言うのならやってみましょう。悪いモノではないと思います」

「は、はいっ！」

「テ、ティナ御嬢様！　も、もう、もちませんっ！」

エリーの切迫した声。遂に――彼女達の『氷雪狼』が敗れた。

そのまま此方へ突進してくる。

「エリー！　僕の後ろへ」

「は、はひっ」

「ティナ。残念ですが、僕が手を出したら反則になってしまいます」

「大丈夫です！　先生が隣にいるのなら、何も、何も怖くありませんっ！」

そう言うと、杖を前方へ突き出し、呟いた。


「――お願い。私に力を――」


先端の宝珠と、リボンが激しく明滅し、強大な魔力が渦巻く。

見た事もない魔法式が自動で急速展開。……ティナの意思によるものではない？

そして小さな小さな『それ』は僕達の前に現れ――翼を広げ飛翔した。全てを白に染め上げながら。


――そこから先の記憶は衝撃が大き過ぎたのか曖昧だ。

銀仮面があげる驚愕の声や、ティナがしがみ付いてきた右腕の衝撃と、左腕に感じるエリーの温かさ。訓練場を包むように展開されていく数十の軍用耐氷結界。

周囲の構造物自体が凍り付き、砕け、消失していく。

……猛烈な吹雪で視界がなくなっていく中、二人を守りつつ僕は確かに聞いたのだ。

『それ』が発した声にならない叫び。


——慟哭の歌を。

*

後始末が終わったその日の晩、僕は執務室の重厚な扉をノックした。

「入りたまえ」

「失礼します」

中には、楽なガウン姿になっているワルター様が安楽椅子に腰かけ、ワイングラスを傾けていた。そこかしこに包帯が巻かれている。膝上にはアンコさん。何処にでもいますね。

「お加減は」

「なに、かすり傷だ。これはグラハムに言われて仕方なくしているに過ぎぬよ。アレン君」

「はい」

ワイングラスを机の上に置き、深々と頭を下げられる。

「――よくぞ、よくぞ、あそこまで二人を育ててあげてくれた。感謝に堪えない。また、君は我がハワード家の未来をも切り開いてくれたようだ」

「極致魔法の件ですか？」

「ああ、その通りだ。……『氷雪狼』の使い手は、以前にも話した通り、一族内でも私一人に過ぎない。長女は望み薄く、ティナはつい最近まで……そういう事だ。が、あの子が使い手になってくれたのならば、我が家の懸念材料も軽くなると言うもの。最後に使った氷魔法も見事だった。私ですら、あのような魔法は知らぬ」

「殿下の実力です。訓練場は申し訳ありませんでした。最後の魔法の話は後でご説明いたしますが……先日途中で終わった話をお聞かせ願えますか？」

この人は純粋に愛娘の成長を喜んでいる。それにやっかみを覚えるような人格でもない。王都行きを反対したのは何故なんだろう。

「うむ……。この話は口外しないでくれ。ティナにもだ」

「分かりました」

「妻は……ローザは才能ある魔法士だった。私とは王立学校で出会い、やがてお互いに惹かれ合い、夫婦となり、二人の愛娘にも恵まれた。だがある日を境に——確かティナがお腹にいた頃だったと思う。突然、魔法を一切使えなくなってしまったのだ。私は、王国中から名医を必死に集めたものだよ……原因は分からなかったがね」

「それは」

……まるでティナと同じだ。

「やがてローザは少しずつ衰弱していった。ティナを無事産んでくれた時、私は泣いたよ。それから一年はほぼ寝たきりだった」

「……ご病気だったのですか？」

「いや。身体自体は健康体だ、と医者からは太鼓判を押された」

「どういう事です？」

沈黙。何かに耐えられている。

やがて——ワルター様は重い口を開かれた。

「……ローザは何者かによって暗殺された、と私は思っている。おそらく呪殺だろう。調査は継続しているが、誰が何の目的でしたかは未だに分からない。彼女が研究していた魔法学が原因だったのかもしれんが、遺品の中にはそれらしき物は見当たらなかった。……ティナが魔法を使う姿を見た時、私は目を疑ったよ。あの姿は彼女と瓜二つだ。杖を構えた姿も、魔法を紡ぐ姿も、決して諦めず最善を尽くす凛々しい姿も、何もかもが！　ティナを手元に置いておきたかった理由、ここまで聞けば君ならば理解してくれるだろう。……私は怖かったのだ。ローザと同じような事があの子にまで降りかかったら、と。だが、成長した若木にあの温室がもう狭い事もよく分かった。ならば、新しい世界に送り出し、見守るのは父親である遺された私の務めだ——きっとローザもそれを望んでいるだろうからな」

＊

親愛なるリディヤへ

約束通り、手紙を送ります。ほら、僕は約束を守る男だからね。
僕達は、これから王都へ向かいます。
この銀世界ともお別れかと思うと、少し寂しい。相変わらず寒いのは駄目だけどね。

君にだけ打ち明けると、三ヶ月前、僕はちょっとだけ自暴自棄になっていたんだと思う。

王宮魔法士はここ数年の目標だったし、自信も……少しだけあったから。

でも僕はこの子達の家庭教師になれて幸運だった。

君の時もそうだったけど、人に何かを教えるのは、とても楽しいし、同時に勇気がいる。

その気持ちを思い出させてくれたこの子達には、感謝してる。

教授から（厳密に書けば、今も僕の肩に乗っているアンコさんから）聞いたけれど、王宮魔法士首席合格と、王立大学校首席卒業決定、本当におめでとう。

だけどさ、大学の卒業式欠席を公言しているのはどうかと思うよ？　先生方から泣きつかれて困ってるんだ。一日で、四度もグリフォン便が届いた時は何事かと思ったよ。

僕は、何せ王立大学校次席卒業予定にもかかわらず、王宮魔法士試験に落ちる、という前代未聞の醜態を晒した身だから欠席も仕方ない。

でも、君は違う。

誰に恥じる事もなく、堂々と出席した方がいい。

それこそ『剣姫』リディヤ・リンスター公女殿下に相応しい態度なんじゃないのかな？

あと、この前の手紙で書いた事なんだけど……故郷に帰るのは一旦止めるよ。勿論、この子達の家庭教師も続けるつもりもない。僕じゃ力不足だからね。

取りあえず、教授と相談して何かしら仕事がないか聞いてみるつもりでいる。心配しないでいいからね。

もう一度、書いておくけれど、王立大学校の卒業式には出席しよう。みんな、君が出なかったら、暴動を起こしかねない。それじゃ、王都で。

元優等生にして現不良家庭教師のアレンより

*

駅のホームから見える街並みはまだ白に覆(おお)われ、目の前の汽車も、そこかしこに雪がくっついている。

北方が春を迎(むか)えるのは後一ヶ月以上先。コートや冬物を仕舞(しま)うのは、もっと先らしい。

――三ヶ月前、僕はこの駅に一人降り立った。

　そして今日、僕はまた一人——肩の上にはアンコさんもいるけれど——で王都行きの汽車の準備が整うのを待っている。

　色々あったけれど充実した日々だったと思う。少なくとも、王宮魔法士不合格で内心少し傷ついていた僕はもういない。その事に感謝を。

　戻ったら、簡単にしか伝えていない両親と妹へもきちんと話を——

「先生！」「アレン先生」

　ティナとエリーが駆けて来る。暖かそうなコートとマフラー装備、あ、ティナが身に着けている僕のマフラーを返してもらわなきゃ。

　この光景……何度目かの既視感が。少しだけ早くティナが到着。

「先生、お待たせしました」

「お、お待たせしまし、きゃっ」

　続いてエリー。案の定滑りかけたのを受け止める。

「おっと。まだ路面が凍っている所があります。気を付けてください」

「は、はひっ。あ、ありがとうございます……」

「どういたしまして」

　幸せそうなメイドさんの頭をぽん、とする。頬を刺すような冷気。

「……先生、エリー？　もう、離れてもいいんじゃないですかぁ？」

「だ、そうですので」

「い、嫌です。その……もっと、ぎゅー、ってしてください」

「エリー！」

「……ティナ御嬢様は、先程、車の中でアレン先生の膝上に乗られていました。ズルいです」

「あ、あれは車の中が狭かったから、仕方なく……」

「後ろのスペースも空いていました」

「う……」

最近になって、エリーは自分の意思をちゃんとティナに対しても言えるようになってきた。良い傾向だと思う。

ただ、この場でやり合われても困るので、エリーから離れる。

「二人共、皆さんはまだですか？」

「もう少しで――あ、来ました」

見ると、頬に未だ凍傷の跡が残るワルター様と荷物を持っているグラハムさん。そして、数名のメイドさん達に指示を出しているシェリーさん。

この場でも皆さんメイド服とは……寒くないんだろうか。

「やぁ、アレン君。お待たせしたね」

「いえ、大丈夫です。お陰様でお土産も買えましたし」

「そうか、それは良かった。すまないが、ティナを頼む。私も後から追いかける」

「エリー、アレン様の言う事をよく聞くのですよ？　薬は持ちましたね？　お小遣いは足りないようならすぐに」

「……あなた。私も行くのですから」

シェリーさんが珍しくグラハムさんをたしなめる。

――そう、二人は公爵の最終試験を文句無しに合格したのだ。

後は急速だった。

既に人員の手配はとっくの昔に終わっていたようで、今回の試験中と試験後も、シェリーさんと、メイドさん数名が王都に常駐してくれる。

ティナのお姉さんは、王立学校の寮に入っているらしいけれど、本来、公爵家の人間が入るのは異例。二人共、王立学校入学後は、王都にある御屋敷から通う事になる。差配出来る人がいないとお話にならないのだ。

何でも、ワルター様とグラハムさんは、自分達が王都へ行く気だったらしいけれど、シエリーさんの武力――こほん、説得を受け、断念。

僕は執事(しつじ)になれないし、良い措置(そち)だと思う。

――汽笛が鳴(な)り響(ひび)く。

軽く頭を下げる。

「では、王都でお待ちしています」

「ああ」

「アレン様、エリーをよろしくお願いいたします」

「はい。吉報(きっぽう)をお待ちください」

ワルター様とグラハムさんそれぞれと、がっしり手を握(にぎ)る。

……両手が痛いんですけど。あと、近いです……。

「アレン君、君を信頼(しんらい)している。しているが……私が北の地にいるから、といって可愛い可愛い我が末娘に手を出したその時は……」

「アレン様、そのような事はないとは存じますが……もしも、私めの目の届かぬ所で可愛い孫に手を出されたその時は……」

「は、ははは……」

大丈夫です。まだまだ、二人共子供じゃないですか。王立学校に行けば、カッコよくて優しい男の子はいっぱいいますし、その子達を警戒された方が有意義だと思いますよ？

……過保護だなぁ。握手を止めると、即座に柔らかく小さな手が摑んできた。

「ティナ？　エリー？　どうしたんですか？」

「王都まで手を繋いで行きたいなって」

「あの、あの……繋いでたいんです。だ、駄目ですか？」

「勿論、良い」

冷たい視線が僕を貫く。親御さん達が怖い。

でも、こんな期待に満ちた目を向けられたら振りほどくのは。うーん。

「……ですが。ワルター様とグラハムさんが、駄目だと言うので」

「「！」」

「御父様」「お祖父ちゃん」

「「うぐっ……」」

がくり、と項垂れる御二人。勝てないですよね。その気持ち、分かります。

――二度目の汽笛が鳴る。

もう乗らないと。あ、そう言えば。

「ワルター様」

「……何かね」

ティナ達に聞かれるわけにはいかない。小声で用件を告げる。

「(日記帳の件ですが、本当に僕が預かってしまって構わないのですか？　貴重な書物な事に間違いはないと思うのですが……。また信頼出来る人に見せても？)」

「(構わんよ。私は本をそれ程読まないし、ティナ達もいなくなれば更に読み手は減るだろう。ならば、必要とする者の手にあるべきだ。……大魔法の件、何か情報が分かったら、教えてくれたまえ)」

懸念材料はなくなった。これからが大変だろうけど。

「ありがとうございます。……ええ、必ず」

「君には大きな借りがある。さ、もう行きたまえ」

「はい。ティナ、エリー」

「御父様、行ってまいります。植物達の事を」

「分かっている。安心しなさい。私もすぐ、王都へ行くから」

「お祖父ちゃん、い、行ってきますっ」

「落ち着いて。何かあったらすぐに連絡をするのですよ」

良い光景だと思う。……少しだけ羨ましい。

「皆様、定刻かと。御乗りください」

シェリーさんが促してくる。おっといけない。

会釈をし、二人の手を引いて汽車へ乗り込む。後から、シェリーさん達も続いてくる。

今回は一等車を超える特等車だ。まさか、こんな車両があるなんて……。

——三度目の汽笛。ドアが閉まる音と共に、汽車がゆっくりと動き始めた。

席の窓を開け三人で叫ぶ。

「ワルター様、グラハムさん、ありがとうございましたっ！」

「御父様、王都で待ってます」「お祖父ちゃん、長期休暇の時は出来る限り戻りますからっ」

もう、御二人の声は聞こえなかった。

けれど、最後まで大きく手を振り、僕等を見送ってくれたのだった。

＊

「——先生、温度は大丈夫ですか？」

「ええ、ありがとう」

「えへへ。先生のお陰です」

隣に座ったティナが照れている。エリーが悔しそうにしていたのは見なかった事にしよう。アンコさん、僕の膝上で丸くならなくても席は空いて――あ、ここがいいんですね、分かりました。

行っているのは車中の温度操作。ちょっとした復習だ。ティナは、あの最終試験後、『氷』以外の初級魔法も使えるようになった。やっぱり、最後の魔法の影響かな？

これを体感した人は、三ヶ月前まで魔法を使えなかった女の子、とは思わないだろう。

シェリーさんが称賛する。

「御嬢様、お見事でございます」

「凄いです。だ、だけど、私にやらせてくださっても良かったと思います」

「貴女は今朝、先生に褒められてたじゃない。私の番です」

「テ、ティナ御嬢様は昨日、一昨日とアレン先生に褒められてました。今日は私の番です！」

「……この件は後で話し合いましょう」

「の、望むところです！」

ティナは良くも悪くも遠慮をしなくなった。少なくとも僕に関係する事では。

色々と調べ考えてみたけれど、暴走の原因は、彼女が過度に我慢してしまった事、に起因したとしか分からなかったからだ。

なので、最終試験後こう言い渡した。

『僕に対しては遠慮とか我慢はしなくて良いですよ』と。

ただ、やたらと僕に抱きしめる事を要求するのは是正させないと。リディヤから妙な容疑をかけられているみたいだし。かつ、あの子は──指で突かれた。

「先生」

「？」

「リディヤ様へのお土産何にされたのですか？」

「ああ、この子にしました」

「うわぁ、可愛い～。……でも、怒られませんか？」

「どうしてです？　リディヤは基本、可愛い物大好きですよ。むしろ、買うのを止めた、とか言ったら燃やされますね」

「も、燃やすって……」

「ア、アレン先生、どういう意味ですか？」

「文字通りです。あの子は気に食わないと、すぐ斬るし、すぐ燃やすし……とにかく、大変な子なんですよ」

おそらく、王都で手ぐすね引いて待っているだろう。その姿が目に浮かぶようだ。

今までの経緯からして……過去にない位に怒っている。正直、逃げたいところだが、あの子は何処までも追ってくるだろう。それこそ、地の果てまでも。

「機会があれば、王都で会わせてあげます……覚悟しといてください」

「だ、大丈夫です。勝ちます！」

「わ、私も頑張ります！」

火に油を注ぐ事にならなければいいなぁ……。

……シェリーさん、こっそり笑わないでください。僕の生死が懸かってるんです。

＊

早朝、王都にあるハワード家の屋敷内。

ここ数日滞在している部屋で準備をしていると、足音と共に、突然ティナが飛び込んできた。

細かい刺繍が施された青と白のドレス。髪には最初に会った日と、最終試験でも付けていた純白のリボン。右手にはローザさんの杖。勝負の日だから当然か。

僕の前にやって来ると、一回転。不安と期待が半ばする表情。

「先生、先生、見てください。どうですか？　私、変じゃないですか？」

「大丈夫ですよ。今日もティナは」

「私は？」

「──面白いですね」

「そこは、綺麗だね、と言うところですっ！　もうっ！」

二人で笑い合う。本当に明るくなってくれて良かった。三ヶ月前は、元気ではあったけれど、虚勢も張っていたから。

褒めてあげようとした時、もう一人の女の子も飛び込んできた。

メイド服ではなく、普通のロングスカート姿だ。屋敷にいる間は、そう言えば私服らしい私服を見る機会がなかったから新鮮に映る。

「テ、ティナ御嬢様！　抜け駆けは禁止ですっ、てあんなに言ったのに……ア、アレン先生、私は……その、あの……」

「おや？　エリーも今日はメイド服ではないんですね。とっても」

「と、とっても？」

「似合っています。可愛いですね」

「あぅあぅ……し、しょの……ありがと、きゃっ」

「おっと」

エリーの手を取り、僕の後方へ。部屋の中に氷華が舞う。

「……先生、エリーだけ褒めるのはズルいです。駄目です。私も褒めてください……」

ティナが今にも『氷雪狼』を展開しようとしていた。

肩を竦め、エリーを軽く抱きしめる。

「!?」

「え、あの、その、あぅ……」

「先生！　エリー！　は・な・れ・て！」

「おや？　ティナは来なくてもいいんですか？」

「！」

「まだ一人分、空いているような気がするんですが……そうですか。残念ですね」

「……意地悪……」

恨めし気に僕を見つつもそそくさと近付いてきて、手の中に納まった。

そのまま二人を励ます。

「――いいですか。大丈夫です。何も心配する事はありません。自分を信じてください。そうすれば、結果は必ず出ます」

「分かりました――先生を、先生に教えてもらった私を信じます」

「は、はいっ！　私はまだ自分を信じられませんけど……アレン先生を信じてます」

「頑張ってきてください。シェリーさん」

「はい」

手を離し、何時の間にか部屋へやってきていた、ハワード家のメイド長に託す。

「二人をよろしくお願いします」

「アレン様は、御一緒されないのですか？」

「……行ったら、まだ早いのに泣いてしまいそうなので。友人宅へ顔を出す約束もありますので。後はお任せします」

「……了解でございます。御武運を」

「ありがとうございます」

シェリーさんは察してくれた。そうなんですよ、強い武運が大量に必要です。

さて、僕の教え子達は。

「先生」「アレン先生」

「「……浮気は駄目ですっ！」」

何を言っているのだろうか。僕とあいつはそんな関係じゃないのに。

まぁ……ちょっとわけありではあるけれど。

＊

リンスター家のメイドさんに促されて、初春の花が咲き乱れる見事な内庭へ赴いた僕の目に入ったのは――大きな翼を広げ、襲い掛かってくる炎の凶鳥の姿だった。あー当たれば死ぬかもなぁ。

何時もの挨拶代わりなのでさっさと打ち消し、豪華な椅子に座り頬杖をつきながら、お茶を飲んでいる美少女に文句を言う。テーブルの上には小さな懐中時計。

「……幾ら何でも、会っていきなり『火焔鳥』はどうかと思う。これでも、傷心なんだよ？　少しは労わる気持ちを示してほしい。手紙にも書いたじゃないか。遅刻もしてないし」

「私よりも早く座っているのが当然の務めでしょう？　だいたい、あっさりと打ち消すあ

んたに言われたくないわね。大人しく焼かれて、偶には楽しませなさいよ。私の魔法なんかあんたに通じる筈もないし、やる気になれば元から止められるくせに！　今度ふざけた事言ったら――――全力で斬るわ」

「それは勘弁。君に剣術で勝てる可能性なんて、前世も今世も来世にもありはしないよ」

「……最初からそう言いなさい」

あからさまに不機嫌そうなのは、ここ四年来の腐れ縁にして、南方を統括するリンスター公爵家長女リディヤ・リンスター。

つまり、この子も公女殿下であり、『剣姫』の異名を持つ、王国屈指の剣士でもある。なお『公女殿下』と呼ぼうものなら、問答無用の斬撃か、瞬間発動する『火焔鳥』に焼かれるか、という過酷な二択を迫られるので注意が必要。明日の朝日を拝めない危険性が高い。僕は時折からかう為に使うけれど。

普段は動きやすい服装を好んでいるのに、今日は珍しく着飾っていて、まともに見ると不覚にも胸が高鳴り、ドギマギしてしまう。

綺麗な長く紅い髪に合わせた緋のドレスが似合い過ぎて目の毒。白い肌に映えている。黙っていれば圧倒的な美人かつスタイルも良いので騙された被害者は数知れず。綺麗な薔薇には鋭すぎる棘が隠れているのだ。……指に刺さるどころか、身体を貫く程の。

でも、今回の一件は僕に非がある。甘んじて貫かれよう。頬を掻きながら謝る。

「悪かったよ」

「……何を悪いと思っているのかしら？　ちゃんと言葉にして」

「ハワード家へ行った。家庭教師を君に相談せず引き受けた」

「……他には？」

「手紙を余り書かなかった。今日まで会いに来なかった。――王宮魔法士に落ちた理由を教えなかった」

「………………ん」

座ったまま両手を差し出してくる。

……少し躊躇うけれど仕方ないかな。今回ばかりは、ね。

お土産が入った袋をテーブルに置き、そのままリディヤを軽く抱きしめる。

相変わらず華奢だ。こんな子が王国内において屈指の剣士であり、魔法士でもあると言うのだから――そんなに強く抱きしめないでよ、結構痛い。

ぽつり、とリディヤが僕の胸に顔を埋めつつ呟く。

「……ほんと寂しかったんだからね」

「ごめん」

「……二度と、私に黙って遠くへ行かないで。行くなら私も連れてって」

「善処します——いたっ、痛いって！　爪を立てるな！」

「……そこは『はい、二度といたしません。申し訳ありませんでした御主人様』って言うところでしょぉぉ……」

「誰が誰の御主人様だよ。でも……ごめん」

「……バカ」

——可愛い御嬢様がその後、僕を解放してくれるまでにかかった時間は秘密。

落ち着いたのを見計らい、既知のメイドさんがお茶を運んでくる。

……何ですか、その生暖かい視線は。

唇だけ動かして茶化さないでください。『御邪魔虫でございますね』、じゃありません。どうせ隠し持っているだろう映像宝珠は後で必ず没収しますからね。

この人は絶対に持っている。『可愛いリディヤ御嬢様、嗚呼、何て素晴らしい！』が生き甲斐な人だし。もしくは部下の誰かに撮影させている。

リンスター家の人達はみんな、この一見傍若無人だけど、何処か放っておけない御嬢様を愛しているのだ。

さっきまで不機嫌の極みだった当の本人は、僕と同じ椅子に座り、隣で上機嫌。肩に頭を乗っけて楽しそうである。ほら、足をぶらぶらしない。

「で、どうなの」

「何がさ」

「決まってるでしょ、入学試験よ」

そう――今日は王立学校の入学試験日である。

王都に着いてからはティナとエリーへ最後の試験対策を行っていて、リディヤを訪ねる余裕がなかったのだ。

……当然、報せていた。それでもいきなりあれである。普通だったら死ぬという事を、何度言えば学んでくれるのか。

じゃれついてきているだけなのは分かってるけどさ。本気だったら、僕程度が対応出来る筈もないし。

ニヤニヤ笑うリディヤへ答える。

「君には申し訳ないけど――ティナが首席だろうね。エリーも上位は間違いない」

「へぇ……あんたが断言するなんて珍しい。この私が三ヶ月間もみっちりと訓練した、うちの妹もいるのよ？　首席は難しいんじゃないかしら」

「普通に考えればそうだけど」

「だけど？」

「相手が悪すぎる。ティナは間違いなく天才だ。魔法を使えるようになった翌日に上級魔法級を使ってみせた人間を、僕は――二人しか知らない」

「ふ～ん……それなら、仕方ないわね」

「あれ珍しい？　何時もなら納得しないだろうに」

　リディヤは妹さんを本当に可愛がっていて、とても仲が良い。

　普段なら、むきになって突っかかってくるのが常なんだけどな。しかも、どうやってティナが魔法を使えるようになったのかを聞いてこないなんて。

「だってハンデ付きだもの。その子には三ヶ月間、誰かさんがいたけれど、あの子にはいない。負けるのは当たり前よね。ねっ！」

「いや君、手紙だと自分の方が上だって……待った。僕が悪かった。この至近距離で『火焔鳥』はほんと洒落にならない」

「男が一々小さな言葉に拘るんじゃないわよ、まぁ良いわ。時間だし、始めましょうか。細かい話は後からじっくりと聞くわ」

「？　どういう――はっ！」

　周囲から多数の気配。やっぱりか！　咄嗟に逃げ出そうとするものの、がっちりと右腕を掴まれる。

……な、何という剛力。この細腕の何処にそんな力が⁉

隠れていたメイドさん達が笑顔で駆けてくる。手には姿見や、衣装道具らしき物。

嗚呼、嫌な予感……。隣からは心底楽しそうな声。懐中時計を確認している。

「そろそろ試験も終わる頃よ。妹が帰ってくるのを、冴えない恰好で迎える義兄が何処にいるのかしら？」

「だ、誰が義兄……い、痛っ！　お、折れる！　骨がきしんでるっ‼」

「私の妹。つまり、あんたにとっても義妹……世の中の常識でしょう？」

「ど、どういう理屈……わ、分かった！　分かったから‼　さっきも言ったし、この先何度でも言うけれど、こんな至近距離で『火焔鳥』を展開しようとするなっ。……もう好きにしてくれ」

「最初から大人しくそう言えばいいのよ。ほんっと可愛くないわね。準備は？」

「はい！　準備万端、全て整っております」

先程、お茶を運んできたメイドさん――リディヤ付きのメイド長さんが満面の笑みで敬礼。何時の間に。

「アレン様、お覚悟は」

「……ご随意にどうぞ」

「御立派です。それでこそ、でございます。アレン様のお陰で、この三ヶ月の御嬢様の可愛らしさといったら……もう、毎日が天国でございました。手紙が届かない事に一喜一憂され、『私の書いた文面がまずかったんじゃないかしら……』『あいつに嫌われたら、そしたら、そしたら、どうしよう……』となったり、手紙が届くと『ふ、ふん！　別に手紙なんて来なくたって私は平気なのよ？　本当よ？　——はい、これ送っておいて。最速のグリフォン便で！』と告げられる時の御嬢様！　リンスター家メイド隊は、今年一年補給がなくても戦えますとも、ええ！　また、アレン様が本日、訪ねてこられる、という報せを受けてからの御嬢様の可憐さたるや、言葉には出来ませぬ。そのドレスを選ばれるのもですね、悩みに悩まれた挙句、最終的には屋敷内にいるメイド全員の投票を参考——」

「無駄口は何時まで続くのかしら？　一生給金なしでも良いのよね？」

「……失礼いたしました」

——この後、僕はリンスター家のメイドさんによって髪型、服装、装飾類を完璧に整えられた。あの……服が僕の体型にピッタリなんですけど……。

肉体、精神共に疲労困憊した僕の記憶にあるのは、着替え終わった直後、背骨が折れるんじゃないかと思う勢いで抱き着いて来たリディヤの眩しい笑顔と、その手に握られていたお土産の真っ白な狼人形の円らな瞳。周囲から僕達を撮影しているメイドさん達。

帰って来た妹さんと、何故か一緒について来たティナとエリーが僕を目掛けて飛び込んできた衝撃。

そして、些細な口喧嘩から、内庭でじゃれ合い始めた三人の姿。

――うん、良かった。間違いなくみんな受かったね。

普通の子達は、中級魔法を連発したり、上級魔法を相殺し合ったり、まして極致魔法を遊びで使ったりしないから。

試験場、大丈夫だったかなぁ。


――一週間後、今年度の王立学校入学者が発表された。

エピローグ

「――教授から散々聞かされていたし、この三ヶ月、驚かされてばかりだったが、ここまでの成果を出してくれるとはな！」

そう言ってくださったのは、目の前の椅子に座り、親しげに声をかけてくれたワルター様。北方から先程、王都に到着したばかりだ。

隣にはお澄まし顔のティナ。こうして見るとやはり美少女だ。

「ティ――殿下と、エリーが優秀だったんです。二人を褒めてあげてください」

「ははは、その言葉を聞いたら世の家庭教師達は職を失ってしまうぞ」

「先生のお陰です――何時ものように『ティナ』と呼んでください」

「いや、それは……」

「私が許す」

「は、はぁ」

ワルター様が重々しく告げ、ティナはそれを聞いて頬を赤らめている。

……これは、言い出しにくい流れ。

「この子が——王立学校首席合格。しかも、過去最高成績に迫って！　エリーも上位合格。これを快挙と呼ばずして何と言う！　首席合格者は王立学校入学式での挨拶を依頼されるのが慣例。我が家に関わった者でそれを成し遂げたのは亡き妻であるローザだけ。本当によくやってくれた。この子はハワードの誇りだ！」

二人は無事王立学校に合格した。……何とか役目は果たせたかな。

ローザさん、首席合格者だったのか。褒められたティナがもじもじと恥ずかしそうにしている。

えーっと、これで入学生代表がティナか。在校生代表は生徒会長がする筈。妹からつい先日届いた手紙だと、ティナのお姉さんが就任したらしいから……この事、ワルター様は知っているのかな？　表情を窺うけれど、何も読み取れない。

リディヤの妹さんは次席だったそうだ。僅差だったのだろう。あの子も凄い才能を持っている。ティナやエリーの良い友人になってほしいな。

……試験結果が出た後、僕がリンスター姉妹から呼び出され虐められたのは言うまでもない。執事服はもうこりごりです。グラハムさんていう完成形を見てきたせいか、安い真似っこにしか見えず。僕は心に深い傷を負ったよ。二度と着ないぞ！

「君には心から感謝している。そこでだ——どうだろうか？　このまま、家庭教師を続けてもらいたい。条件に糸目はつけん。必要な物は何でも揃えてみせよう」

「それは——」

とてもとても良い話なのだろう。

三ヶ月の給与も破格と言っていい額だった。汽車代と妹へのお小遣い代を出しても、まだまだ余る程の。

ただ……僕がこれ以上積極的に関わるのはまずい。迷惑がかかってしまう。退き際だろう。

「大変……本当に大変有難いお話ですが、お断りさせていただきます」

「⁉　先生！　ど、どうして、どうしてですか……？」

「何故かね」

「それは……」

「アレン君——王家を慮っての気遣いは不要だ。おそらく、リンスター家に対してもそう思っているのだろう？　王宮魔法士試験の一件、君に非はないと私は考えている」

「……御存じでしたか」

「無論だ。これでも、私は公爵だからな。重要な問題は耳にしている」

「ど、どういう意味ですか？　先生は、王宮魔法士試験を受けられていたのですか？」

ティナが聞いてくる。

この場ではあまり話したくないなぁ……。

僕の葛藤を他所に、公爵は何処か楽しそうだ。くっ、こんな所で、屋敷内の借りを返される羽目に陥ろうとは。不覚……。

「王宮魔法士試験は、筆記・実技・面接で行われる。ここだけの話、君の筆記はトップ、面接も上位だ。それも、君に叩きのめされた一部試験官のやっかみ分を差し引けばトップ。普通に考えれば合格だろう。しかし……実技は最下位判定。これが落ちた原因だな」

「落ち……あり得ないです！　先生の実技が最下位なら合格出来る人なんかいません！王宮魔法士の試験官様はそんな簡単な道理も分からない愚者の集まりなのですか？」

吹雪を思わせる口調。目が殺気だち、感情に反応して冷気が漏れている。

僕に代わって怒ってくれるのは嬉しいけれど……頭を軽く撫でる。一気に魔力が霧散。

目の前から大きな咳払い。失礼しました。

「実技は萎縮を避ける為、顔を見せないのが原則。しかし、君の相手である第二王子――ジェラルド様はそうしなかったそうだな。わざわざ実技試験開始前に名乗り、挑発。しかもご家族とリディヤ嬢まで嘲笑したと聞いている」

「ワルター様、もうそこら辺で」

「知りたいです」

ティナが真剣な眼差しで見つめてくる。駄目だ。これは止められない。

……この話、まだリディヤにも話していないんだけどな。

「君は言われた場では何もしなかった。その代わり実技試験開始後、王子の全ての魔法を打ち消し、魔力を奪い取り、更には剣技でも圧倒した。試験後、それを王子が騒ぎ立てた。『不敬』だとな。道理は無論ない。ないが……仮にも王位継承権第二位の御方の発言だ。捨て置く事も出来ず、試験官達は結局、君の実技試験は評点しない判断をした」

「――後悔はしていません」

「王宮魔法士を棒に振ってもかね？　君は、王立学校入学当時から、王宮魔法士を志望していたと聞いている。御両親と、入学後はリディヤ嬢の為でもあったのだろうが」

そこまでバレているのなら仕方ない。話してしまおう。

……ティナ達を失望させてしまうかもしれないけれど。

「僕は孤児です。両親や妹と血の繋がりはありません。本当の両親も知りません。ですが、両親と妹は僕を愛してくれていますし、リディヤも……少しは気にかけてくれています。その人達を侮蔑されて笑ってすませられる程、僕は大人じゃありません。同時に、今回の一件が原因で、お世話になった方々に迷惑をかけたくもないのです」

王宮魔法士そのものに未練はもうない。時間を戻せたとしても同じ事をするだろう。

今までが出来過ぎだっただけだしね。ただ……リディヤとこの子達に表立って会えなくなるのは少し寂しいな。ワルター様が嘆息された。

「……そこまでの覚悟を持っているのならば、私からは何も言えない。だが、覚えておいてほしい。ハワード家は君の味方だ。考えを変える事があるならば遠慮なく申し出てくれたまえ。必ず力になる」

「ありがとうございます。例の一件は、責任を持って調査を継続するつもりです」

「……わ、私は——嫌ですっ！　絶対に嫌ですっ！　折角、王立学校へ入学出来たのに、先生と……先生と離れるなんて、そんな、そんなっ……！」

そう叫ぶと立ち上がり、ティナは部屋を飛び出して行ってしまった。周囲に、氷華が舞い落ちる。傷つけてしまった……。

入れ替わって部屋に入って来たのは見知った学者風の男性。肩には黒猫風の使い魔。

「ティナ嬢を泣かせた悪い男は誰かな？　女の子を泣かすなんて、許されざる大罪だね」

「……教授、何故ここに？」

「僕はワルターの悪友だよ？　さ、僕のことはいいから、まずは追いかけたまえよ、君」

釈然としない気持ちを抱きつつも会釈をし、部屋を出る。

……何ですか、その笑いは、教授。半面、ワルター様の表情は険しくなっている。

扉が閉まる直前、教授の楽しそうな声が微かに耳に入った。

「――待たせた。陛下には話をつけてきたよ。勿論、非公式にね」

＊

廊下で会ったメイドさんに尋ねると、どうやら中庭へ出たらしい。

春が近いとはいえ、王都の夜はまだ冷える。あんな薄着で外に……大丈夫だろうか。

言われた通りに進むと――ティナが佇んでいた。首には、貸しっぱなしになっている僕のマフラー。良かった。屋敷を飛び出していたら大変だった。

「ティナ」

身体をびくっと震わせ振り返り、僕の目をじっと見た。

「……本当に、どうしても辞められてしまうんですか？」

この子も真っすぐだな。少しだけリディヤに似ている。

ゆっくりと近づいてゆき、目の前へ。

「故郷に引き籠りはしませんよ。誰かさんに殺されますしね。王都で仕事を見つけるつもりでいます」

「……答えになっていません」

「もう二人共、僕がいなくても大丈夫です」

「ダメです！　ダメなんです……だって、だって、知ってしまったから……」

「何をですか？」

そう問いかけるが答えてくれない。こんないい子を泣かすなんて……本当に僕は駄目な奴だなぁ。

頭を優しく撫でてから、屈んで視線を合わせる。

「僕は辞めても貴女達の先生です」

「……本当ですか？　本当に本当ですか？」

「ええ。何かあれば、すぐに飛んできますよ」

「…………これをお返しします。最後ですから結ばせてください」

そう言って、マフラーを外しこちらの首に結んでくれた。けれど先を握って放してくれない。俯きっぱなしだ。泣いているのかな？

声をかけようとした途端、突然前方へ引っ張られ——

刹那（せつな）、唇（くちびる）を奪われていた。

「!?」

衝撃（しょうげき）の余り、言葉が出てこない。唇と唇が触（ふ）れ合うだけの幼いキス。

だけど……そこから伝わる少女の強い強い想い。周囲には氷華が舞い輝（かがや）いている。

時間が止まり思考がまとまらない――どれ位、そうしていただろう。唇が離れていく。

目の前のティナは頰だけでなく耳や首まで真っ赤。瞳（ひとみ）は潤（うる）み、僕を見つめている。

おそらく、僕の頰も赤く染まっているだろう。参ったな。こんな事、慣れていないのに。

でも何か話さないと。意を決し口を開こうとしたその時、後ろから足音がした。

「――見ちゃったよ。ワルター、君も見たろう?」

「……うむ」

後ろを振り向く。そこにいたのは心底楽しそうな教授と複雑な面持ちのワルター様。

まさかこれは。そうかつまり。

「……はめましたね?」

「何の事かな?　僕はただ『君を引き留めるのに一番効く方法』を以前から相談されてい

てね。ティナ嬢、エリー嬢とアンコは随分と仲良くなったようだ。友情とは美しいものさ。そう言えば、自分を過小評価している僕の教え子が、気にしている件なんだが——あれは解決した。君をリディヤ嬢のお目付け役だと思っているリンスター家と、義理堅さには定評があるハワード家が、何もしないと思ったのかい？　甘い甘い。砂糖菓子の上に蜂蜜を一瓶叩き込む位に甘いよ。自分に殊更厳しく、他人に甘い。君の悪い癖だ。王立大学校の卒業式にも出たまえよ。君が出ないと、リディヤ嬢も出ないだろうからね。それはそうと、なぁ君。まさか、麗しき乙女からキスされて放り出すなんて、そんな情けない真似はしないよねぇ？」

「オ、オノレ……コノクサレキョウジュ……」


思わず本気で殺意が芽生えた。

道理でリディヤからの追及が緩い筈だ。全て仕組まれていたのか！

話を聞く限り下手すると、最初の日——そう、僕が汽車に乗ったあの日から。

いいだろう……。そちらがその気ならば。僕にも考えがある。積年の恨みを晴らすべく僕は魔法を展開——袖を引かれた。

「……先生が言われたんですよ？　『我慢と遠慮はしなくていい』、って」

ティナが上目遣いでこっちを見ている。とても不安気。

……ああ、もう仕方ないなぁ。確かにそう言った。そして、僕は自分の言葉を守る男だ。

頭を乱暴に撫でて、額にキスをし、片膝をつき頭を垂れる。

「!?」

「──ティナ・ハワード公女殿下、僕にもう一度、貴女を教える機会を与えていただけないでしょうか」

「え？」

「駄目でしょうか？　なら、そこで隠れているエリー・ウォーカー嬢に」

木の陰からメイド服姿の少女が飛び出してくる。そのまま、凄い勢いで僕の傍に駆け寄り、左腕に抱き着いてきた。

「わ、私で良ければ喜んで！　アレン先生、私も、私も、い、い、今のお願いします！

ティナ御嬢様だけなんて、ズ、ズルいですっ！」

「エリー、ダ、ダメよっ!!　許します。……二度と勝手に離れていかないでくださいね？

行く時は私も一緒です。何処までも、ですっ！」

その台詞……つい最近違う子にも言われた気がする。

こうして、あっさりと罠にかかった甘々な僕は、公女殿下の家庭教師を続ける事になったのだった。……人生、何が起こるか分からないや。

——後日、リディヤにも王宮魔法士試験の真相はバレていた事が発覚。僕が羞恥に悶える羽目になるのはもう少し先の話。

＊

「そう言えば、どうして僕を最初からあんなに信じてくれたんですか？　教授とリディヤから話を聞いていたとはいえ、普通、あそこまでにはならないと思うんですが」

「へっ？　そ、それはその……先生、屈んでくださいっ」

「？　これでいいですか」

「耳を貸してください。笑うのは禁止です——教授とリディヤ様がお話しになる先生を、御母様が読んでくれた御伽噺の中に出てくる王子様みたいだなって……ずっとずっと想像して憧れていたんです。でも、実際の先生は何倍もカッコよくて、凄くて、素敵で、優しくて……だから、です」

「えーっと……ありがとう？」

「どうして、疑問形なんですか！　喜ぶところですよ!?　もうっ！」

「――これからもどうぞよろしくお願いしますね、ティナ公女殿下」

「先生の意地悪！　……こちらこそ、末永くよろしくお願いします」

あとがき

みなさん、初めまして、七野りくと申します。

本作品は、Ｗｅｂ小説サイト『カクヨム』上で開催された、第3回カクヨムＷｅｂ小説コンテスト異世界ファンタジー部門にて大賞を頂いた作品をベースに、大幅加筆した物です。

初めて手に取って頂いた方は勿論、Ｗｅｂ版から応援してくださっている読者様も楽しめる内容になっていると思います。

処女作となるので、このあとがきも人生初な訳ですが……早速困りました、頁はまだ余っています。

う～ん、では今作を書いていた時のとある一コマでも。


本作のイラストが決定した時のことです。私は浮き浮きしていました。

自分の書いた物が本になり、イラストまで付くなんて！

まずは、ヒロインであるティナを見ます。

はぁ……可愛い。そうなんです。この子、まだまだ幼さが出てるイメージなんです。指摘する箇所なんかありません。完璧です。

満足しながら次はエリーを見ます。

はぁ……尊いです。きちんとティナに比べてお姉さんになっています。この子についても指摘する箇所なんかありません。これまた完璧です。

さて、原稿の続きを――ファイルがまだ残っています。おっと、いけません。大事な主人公を忘れているじゃありませんか。

………。

無言で立ち上がり、お湯を沸かして珈琲を入れ、一口。心を鎮めます。

意を決して再確認。どうやら――夢ではないようです。

ア、ア、アレン！　き、君、そんなにカッコよかったの⁉　え？　本当に？

ティナ達の反応から、疑惑は持っていましたが、奇妙な敗北感がひしひしと……こほん。イラストは完璧でした。訂正云々などおこがましい。彼はカッコいい。かつ性格も良く、魔法も一流なのです。何を臆する必要がありましょう。

――え？　Ｗｅｂ版よりもカッコよくなった？　気のせいです（満面の笑み）。

どうやら埋まりました。一安心。当然、リディヤも最高でした！


最後に御世話になった方々へ謝辞を。

カクヨムＷｅｂ小説コンテスト選考委員の皆様、よもや大賞をいただけるとは予想すらしていませんでした。ありがとうございます。ありったけを書いてみます。

担当編集様、本当にいつもいつも御世話になっております。どうにか形にすることが出来ました。今後ともよろしくお願いいたします。

ｃｕｒａ先生、素晴らしいイラストをありがとうございました。先生のイラストに負けない物語にしていけたら、と思っています。

Ｗｅｂ版読者の皆様、まったりと始めた作品がこうして書籍になりましたよ！

ここまで読んでくださった全ての読者様にめいっぱいの感謝を。

またお会い出来る日を楽しみにしています。

七野りく

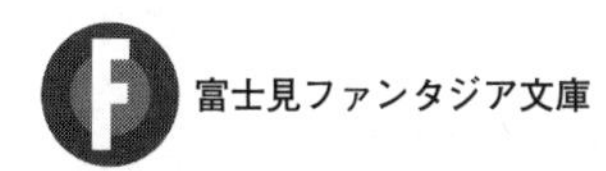

公女殿下の家庭教師
謙虚チートな魔法授業をはじめます

平成30年12月20日　初版発行

著者——七野りく

発行者——三坂泰二

発　行——株式会社KADOKAWA
〒102-8177
東京都千代田区富士見2-13-3
0570-002-301（ナビダイヤル）

印刷所——暁印刷

製本所——BBC

※定価はカバーに表示してあります。
KADOKAWA　カスタマーサポート
［電話］0570-002-301（土日祝日を除く 11時～13時、14時～17時）
［WEB］https://www.kadokawa.co.jp/（「お問い合わせ」へお進みください）
※製造不良品につきましては上記窓口にて承ります。
※記述・収録内容を超えるご質問にはお答えできない場合があります。
※サポートは日本国内に限らせていただきます。

ISBN978-4-04-073021-9 C0193